「大丈夫だ。あれだけ解したんだ、ちゃんと入る」

「んなわけ……っ」

躊躇いもなく大きく開かされた足の間に猛った欲望を押し当てられ、
唯史は息を呑んだ。

口に入りきらなかったものが、もっと狭い器官に収まるわけがない。


「頼むからやめ———…っあ、あ……っ」

目次

口絵・本文イラスト／水名瀬雅良

1

この日の社内は、妙《みょう》に浮《うわ》ついた雰囲気《ふんいき》だった。

一見、真面目《まじめ》そうに働いてはいるものの、女性社員はいつもより気合いの入ったメイクをしているし、男性社員もわざとらしく一階の喫煙《きつえん》コーナーまで煙草《たばこ》を吸いにきたりしている。

それもそのはず、近日公開の映画の告知のために来日しているハリウッドスターのレオナルド・デュケインが来社する予定になっているからだ。

関係部署以外には告知していないことだったけれど、相手が相手だけに社内にあっという間に噂《うわさ》が広まってしまったようだ。

(まったく、みんな物見高いよな……)

小田桐唯史《おだぎりただし》はそんな落ち着かない雰囲気を感じて苦笑《くしょう》しながら、レオナルドの出迎《でむか》えのためにゲーム開発の責任者たちと共に一階ロビーで待っていると、少し遅《おく》れてやってきた開発部門の部長に肩《かた》を叩《たた》かれた。

「小田桐くん、今日はよろしく頼《たの》むよ」

「はい、お任せ下さい」

唯史は姿勢を正し、軽く頭を下げる。今日の仕事は接待の補佐《ほさ》、その主な仕事は通訳だ。営業職の唯史にそんなイレギュラーな役割が回ってきたのは、英会話の堪能《たんのう》さが買われてのこと。

もちろん本職の通訳者も手配してあるのだが、現場叩き上げの開発部長は英語がからっきしなため、不安がる彼の補佐として呼ばれたわけだ。

レオナルドは父親がアメリカ人、母親が日本人のハーフという家庭環境《かんきょう》のため、日本語での簡単な会話はできるらしいが、念を入れてということだろう。

（でも、そのお陰《かげ》であの企画《きかく》に嚙《か》めることになったわけだし、部長には感謝しないとな）

唯史の勤めているＴＡＫＡＳＨＩＮＯは、高篠《たかしの》グループの中心企業《きぎょう》である老舗《しにせ》玩具《おもちゃ》メーカーだ。レオナルドの来社の目的は、水面下で開発が進んでいる新作ゲームに関しての契約《けいやく》を交《か》わすこと。

このゲームはＴＡＫＡＳＨＩＮＯのコンシューマーゲームの看板シリーズで、一作目にはハリウッドから映画製作のオファーが来ていて、すでに内々に話が進んでいることもあり、今度の新作の企画は社運をかけていると云《い》っても過言ではない。

レオナルドに依頼《いらい》したのは、ゲームの主人公のビジュアルのモデルとイメージキャラクターとして広告面での協力だ。

昨年出演した映画が賞を取り、それと同時に自身も主演男優賞に選ばれるなど、まさにいまが旬《しゅん》の俳優であるレオナルドへの依頼はほとんど駄目元《だめもと》で行われた。母親が日本人であるため、日本贔屓《びいき》らしいという噂だけが期待をかける根拠《こんきょ》だったらしい。

だが、意外にもレオナルドは所属事務所など周囲の反対を押しきり、二つ返事で引き受けてくれたというから驚《おどろ》きだ。ハリウッドスターの中には日本のテレビゲームの大ファンだと公言している俳優もいるから、もしかしたら彼もその一人だったのかもしれない。

「もうすぐお待ちかねの相手が到着《とうちゃく》するようだぞ」

「あ、はい」

開発部長の少し強張《こわば》った声に、考えごとに耽《ふけ》っていた意識が現実へと引き戻《もど》される。

どうやら、彼の携帯電話《けいたいでんわ》に到着を知らせる連絡《れんらく》が入ったようだ。ネクタイを締《し》め直しながら周りに意識を向けると、ロビーが張り詰《つ》めた空気に包まれていた。

（いよいよか……）

今日はただの補佐だということで、比較的《ひかくてき》気楽な気持ちでいたのだが、周囲の空気に否応《いやおう》なく緊張《きんちょう》してくる。部長のあとについて外に移動すると、しばらくして黒塗《くろぬ》りの車が入り口の前に滑《すべ》り込んできた。

車から降りてきたレオナルドは黒いスーツを身に纏《まと》い、ハニーブロンドを軽くセットしていた。サングラスをかけているが、その端整《たんせい》な顔立ちや華《はな》やかな雰囲気は隠《かく》し切れていない。

（うわ、すごい……）

たしか、歳は唯史と同じのはずだが、やはりハリウッドスターともなると醸《かも》し出されるオーラが違《ちが》う。否応なく目を引きつけられるその存在感に、思わず息を呑《の》んだ。

だが、ハリウッドスターだというのに、行動を共にしている人数は少なく一緒《いっしょ》に来たのはボディーガード兼《けん》運転手とマネージャーだけだった。

騒《さわ》がしいのは苦手で、身の回りに置くのは必要最小限の人数だけだと前もって聞いていたけれど、それは本当らしい。

「あー……Hello. Nice to meet you. I...」

部長はつけ焼き刃《ば》の英語を拙《つたな》い発音で口にしながら、右手を差し出す。けれど、レオナルドは流暢《りゅうちょう》な日本語で返してきた。

「はじめまして、レオナルド・デュケインだ。今日はよろしく頼む」

「こ、こちらこそ……」

彼の発音は日本人そのものだった。云い回しが少し硬《かた》いことを除けば自分たちの言葉遣《ことばづか》いと遜色《そんしょく》ない。驚きを隠せない自分たちにレオナルドは小さな笑《え》みを浮《う》かべた。

「あなたは？」

「し、失礼致《いた》しました。私は開発部門で部長をしております若尾《わかお》重之《しげゆき》と申します。お会いできるのを楽しみにしていました」

部長はすぐに我に返り、慌《あわ》ただしく名刺《めいし》を差し出した。

この調子なら自分の出番はないだろうと後ろに下がると、ふとこちらに視線を向けたレオナルドが驚いた様子でサングラスを外し、こちらを凝視《ぎょうし》してきた。

サングラスの下から現れたのは、金色の睫毛《まつげ》に縁取《ふちど》られた灰色がかった茶色い瞳《ひとみ》。西洋人独特の彫《ほ》りの深さに日本人特有のベビーフェイスが混じった甘い顔立ちが、唯史を驚きの表情で見つめたまま固まっている。

（な、何なんだいったい……）

強い眼差《まなざ》しに、唯史は狼狽《うろた》える。何故《なぜ》、わざわざ脇《わき》に控《ひか》えている一介《いっかい》の社員なんかに気を留《と》めたのだろう？

自分に何かおかしなところでもあるのだろうかと思い巡《めぐ》らせてみたけれど、心当たりはとくになかった。場違《ばち》がいだと云われれば否定しようもないが、初対面のレオナルドに唯史の立場がわかるはずもない。

困惑《こんわく》しきっている唯史に、レオナルドが声をかけてきた。

「君の名前は？」

「え？」

まさか、自分の名前を訊《き》かれるとは思ってなかったため気後《きおく》れしてしまったが、黙《だま》ったままでいるのも失礼だと思い、居住まいを正して自己紹介《しょうかい》をした。

「はじめまして、営業一課の小田桐唯史と申します」

自分の言葉に一瞬《いっしゅん》レオナルドが眉《まゆ》を顰《ひそ》めたように見えたのは気のせいだろうか？

すぐにレオナルドは表情を和《やわ》らげ、部長にしたのと同じように右手を差し出してきた。

「よろしく」

「よろしく…お願いします……」

おずおずと握《にぎ》ると、力強く握り返される。その手の平は温かく、意外に硬かった。レオナルドは何故か名残惜《なごりお》しそうに手を離《はな》すと、唯史に向かって告げてきた。

「案内してくれるか？」

「は？」

「君はそのためにいるんだろう？」

どうやら部長の脇に控えていたせいで、担当のものだと間違《まちが》われてしまったようだ。あくまで補佐のつもりでいたので困惑し、本来案内をする役割だった女性社員に視線を送ると目配せを返される。

「ほら、小田桐くん。早くデュケイン氏をご案内しなさい」

部長にまでそう云われては、逃《に》げ場もない。

(どうにかしろってことか……仕方ない)

唯史は腹を括《くく》り、レオナルドたちを社長室へと案内するため先導に立った。

「では、こちらへどうぞ」

ロビーを歩いている間、社員たちの好奇《こうき》の視線が集まるのを感じたけれど、それ以上に背後からの強い視線が気になってたまらなかった。

(何かすごく見られてるような気が……。いや、気のせい…だよな…？)

緊張のせいで意識しすぎているのかもしれない。そもそも、レオナルドが自分に注目する理由など、一つもないのだから。そう自分に云い聞かせて重役フロアへの直通エレベーターに乗ると、レオナルドが話しかけてきた。

「君は今度の企画に関《かか》わっているのか？」

「はい。ただ、私は営業職ですので広告展開には携《たずさ》わることになると思いますが、開発に関わることはありません」

「そうなのか？」

「生憎《あいにく》、ゲームの開発に関しては門外漢ですので。それが何か…？」

「いや、聞いてみたかっただけだ」

何故聞きたかったのか、それが知りたかったけれど、生憎エレベーターが重役フロアに到着してしまった。

「社長室はこの階になります」

と云いつつも、重役フロアに来たのはこれで二度目だ。他《ほか》のフロアに比べ、静かで重厚な雰《ふん》囲気《いき》の廊下《ろうか》に気持ちが引き締まる。

唯史は緊張しながら社長を始めとする重役たちが待ち構えている社長室の扉《とびら》をノックした。

「どうぞ」

「失礼します。デュケイン氏をお連れ致しました」

扉を開けて室内にレオナルドたちを先に通す。降って湧《わ》いた役割に緊張したけれど、これで自分はお役ご免《めん》だ。

ほっと胸を撫《な》で下ろしながら、脇に下がった。初めの段取りと違うことに不思議そうな顔をしている面々に、レオナルドは鷹揚《おうよう》に微笑《ほほえ》みかける。

「よろしく、レオナルド・デュケインだ。俺のことはレオナルドと呼んでくれ」

レオナルドのフランクな態度に戸惑《とまど》っているものも中にはいたが、社長である高篠《たかしの》は気後れすることなく前へ一歩進み出た。

そして、レオナルドの右手を力強く握りながら肩書《かたが》きを告げる。

「高篠将哉《まさや》です。TAKASHINOの代表取締役《とりしまりやく》をしております。私のことも将哉でいいですよ」

高篠は目鼻立ちのはっきりした目元の涼《すず》しい整った顔立ちで体格もいいため、レオナルドと並んでいても見劣《みおと》りしていない。

彼は若くして社長に就任した遣《や》り手だ。高篠グループの御曹司《おんぞうし》という立場の割りに気さくで驕《おご》ったところがなく、社員の登用も能力主義で分け隔《へだ》てがないため社内での人気は高い。

当初は彼の経験の浅さを危惧《きぐ》する声もあったけれど、そんな声はすぐに小さくなっていった。

彼が社長に就任してから様々な改革をしたことでシステム上の無駄《むだ》も減り、社内のやる気も高まったことで業績は好転していったからだ。

「でも驚《おどろ》いた、ずいぶん日本語がお上手なんですね」

「生まれは日本だし、幼い頃《ころ》はこちらで育ったからな。ただ、敬語は苦手だから普通《ふつう》にしておいてくれるとありがたい。通訳はウチのマネージャーにつけてやってくれ。彼は日本語がほとんどわからないんだ」

「わかった。それじゃあ、詳《くわ》しい話に入ってもいいかな?」

「OK、じゃあ始めようか」


契約《けいやく》はつつがなく取り交《か》わすことができた。レオナルドは高篠と馬が合ったようで、まるで数年来の友人のように会話を弾《はず》ませている。

「レオナルドはいつまで日本に滞在《たいざい》してる予定なんだ?」

「次の映画の撮影《さつえい》が始まるのは半年後だから、それまでは休養を取るつもりなんだ。せっかくだから、しばらくは日本で過ごすつもりだ。そのほうが今回の仕事もやりやすいし、他にやりたいこともあるからな」

レオナルドは高篠と話しながら、何故か唯史のほうに視線を投げてくる。

（さっきから、見られてるような気がするのは自意識過剰《かじょう》なんだろうか…？）

彼らが話をしている間もずっと意識を向けられているような気がして落ち着かなかった。

「それはウチとしても助かるよ。もし時間に都合がつくようなら、プライベートで食事に誘《さそ》わせてくれ」

「よろこんで。将哉とはもっとゆっくり話がしてみたい」

「日本にいる間の予定は決まってるのかい？」

「できたら、色々なところを観光して回りたいと思ってるんだ。日本に来たのは十年ぶりくらいになるんだが、東京もだいぶ変わっていて驚いたよ」

「だったら、ウチの社員に案内をさせよう」

「本当に？　それは助かる」

高篠の申し出に、レオナルドは嬉《うれ》しそうに微笑んだ。

「彼女は夏川《なつかわ》と云《い》って我が社でもとくに優秀《ゆうしゅう》な社員だ。滞在している間は自分の秘書だと思って、何でも云いつけてくれ」

高篠は出迎《でむか》えにも立たせた女性社員を改めて紹介した。彼女は社内でも一二を争う美人で、仕事もできる上に語学も堪能だ。レオナルドの接待の担当をするには適任だろう。

だが、レオナルドは彼女が頭を下げて自己紹介《しょうかい》しようとしたのを遮《さえぎ》り、とんでもないことを云ってきた。

「どちらかというとそっちの彼のほうが好みだな。できれば、彼に案内してもらえるほうがありがたい」

「……へ？」

レオナルドは平然とした顔で爆弾《ばくだん》発言を落とし、その場を凍《こお》りつかせた。中でも指名を受けた唯史は誰よりも狼狽《うろた》えていた。

（な、何で俺なんだ⁉）

自分に向けられた『好み』という言葉にどういう意味が込められているのか計りかねた。ストレートに容姿の好みを云っているのか、それとも性癖《せいへき》を含《ふく》んだものなのか。ゲイなのかバイなのかはわからないが、冗談《じょうだん》を云っているわけではないようだった。

もしも、レオナルドが同性愛者なのだとしたら、雰囲気で唯史が同じ性癖だとわかったのかもしれない。

（でも、何かこいつってゲイっぽくないんだよな……）

同じ嗜好《しこう》を持つもの同士だとそれとなくわかるものだが、レオナルドからは少しもそういう空気を感じられなかった。

二の句が継《つ》げずにいる唯史に、レオナルドは尚《なお》も熱い視線を送ってくる。

「ダメか？　どうせデートするなら彼みたいな気の強そうな美人がいい」

「はあ⁉」

突拍子《とっぴょうし》もないことを云われ、また間抜《まぬ》けな声が出てしまう。同席している社員は、固唾《かたず》を呑《の》んで自分たち二人の様子を窺《うかが》っていた。

(いったい、誰が気の強そうな美人だって?)

自分でもそれなりの容姿をしていると自負しているけれど、『美人』と称《しょう》されるような顔立ちではない。

レオナルドに比べたら細身と云われてしまうかもしれないが、身長だって日本人の成人男性の平均以上はあるし、営業というハードな仕事をこなすための体力作りでジムにも通っている。でも、これではっきりした。さっきからちらちらと見られていたように感じたのは、秋波を送られていたからだ。

「くっ……あっはっは!」

明け透《す》けなレオナルドの言葉に耐《た》えきれなくなったのか、小さく肩《かた》を震《ふる》わせていた高篠がとうとう吹《ふ》き出したかと思うと、腹を抱《かか》えて笑い出した。

「社長、笑いごとじゃありませんよ」

高篠の後ろに控《ひか》えていた秘書が小声で諌《いさ》める。その意見にまったくだと同意したくなったが、喉元《のどもと》で堪《こら》えてわざとらしく咳払《せきばら》いをした。

だが、高篠は楽しそうに勝手なことを云う。

「私は構いませんよ。ただ、彼の意思を確認《かくにん》しておかないと」

「どうだ？　いまの話聞いてただろう？　引き受けてはもらえないか？」

高篠の言葉を受け、唯史はレオナルドを値踏《ねぶ》みする。

（案内云々《うんぬん》はともかく、好みって云われても……。どう考えたってこいつはタチだろ）

唯史は女性も男性も恋愛《れんあい》対象にできるとは云え、男に抱《だ》かれる立場になることだけは無理だった。見るからに男らしく体格のいいネコもいるけれど、レオナルドがそうだとは思えない。

それ以前に、レオナルドは唯史の好みから大きく外れている。

昔から、金髪《きんぱつ》の男が苦手なのだ。

レオナルドのようなハニーブロンドを見ると、大昔の苦い記憶《きおく》が蘇《よみがえ》ってくる。忘れようと必死に努めていたお陰《かげ》で、相手の顔も名前もまったく覚えていないけれど、絹のような金髪だけは強く記憶に焼きついてしまっていた。

しかし、これは仕事なのだから自分の好みは関係ないし、金髪が苦手だと云っても、彼個人に恨《うら》みがあるわけではない。

云うなれば、期間の長い接待のようなものだ。意思決定を任されてはいるが、上司――しかも自社のトップの言葉は命令に等しい。拒《こば》んだことで、今後の出世に影響《えいきょう》するのは不本意だ。

「それはそうだな」

（それ以前に印象が悪いしなぁ、俺……）

偶然《ぐうぜん》とは云え、一度だけ高篠の恋人《こいびと》と関係したことがある。何を隠《かく》そう、彼の背後に控えている秘書課の榛名翠《はるなみどり》がその相手だ。

と云っても、一夜を共にしたのは彼らが恋人同士になる前のことで、恋愛感情の絡《から》んだものではなかった。

唯史としては一夜限りではなくもっと踏《ふ》み込んだ関係になりたかったのだが、榛名にとっては、ただ淋《さび》しさを紛《まぎ》らわすための行動だったらしい。

あれから色々とあったらしく、結局高篠と榛名は上手《うま》くまとまったようだ。同性で従兄弟《いとこ》同士という障害はあるけれど、彼らはそれを越《こ》えてお互《たが》いの手を取ることを選んだのだ。

もう気持ちを引き摺《ず》ってはいないけれど、幸せそうな二人が羨《うらや》ましくないわけではない。だが、いくら羨んでも、運命の出会いがそう簡単にあるはずもない。

そのため、当面は仕事が恋人と割りきることにしていた。

「どうなんだ？　やはり、気乗りしないか？」

考え込んでいたら、断りかねていると思われてしまったらしい。

(ここで恩を売っておくって手もあるか)

せっかく、憧《あこが》れの企画《きかく》に参加することが叶《かな》ったのだ。それにこの企画を円滑《えんかつ》に進めていくことに役立てるなら、自分が一肌脱《ひとはだぬ》ぐべきだろう。

第一、レオナルドの希望を撥《は》ねつけて社運のかかった大事な企画が自分のせいで躓《つまず》くことになるのは嫌《いや》だ。もちろん、レオナルドの接待を引き受けることで今後の出世にも役立つかも知れないという打算も働き、条件つきで申し出を引き受けることにした。

「――引き受けるのはかまいませんが、仕事以上の期待にはお応《こた》えできません。俺、タチオンリーなんで」

わざと砕けた口調ではっきりと真実を告げたのは、大人《おとな》しく口説かれたくなかったから。元々、自分の性癖を隠し通そうとは思っていない。それにこの部屋に集められた人たちの中には、そんなことで差別をするような底の浅い人間はいないはずだ。

そうは云っても、誰《だれ》しも驚《おどろ》きを隠せてはいないようで、目を丸くしたまま二の句が継げずにいる。そんな中、高篠だけは一人飄々《ひょうひょう》としていた。

「なら、ちょうどいいじゃないか。貞操《ていそう》の心配をしなくていいんだから。レオナルドだって、無理強《じ》いはしないだろう？」

「もちろん、手順は踏むつもりだ」

「て、手順？」

踏むも踏まないも、そんな段階を上るつもりはさらさらない。あくまで仕事だから、引き受けるのだ。

この自信に満ち溢《あふ》れた態度からすると、いままで口説き落とせなかった相手はいないのだろうが、自分も同じだと思わないでもらいたい。

「先に云《い》っておきますが、私にも好みがありますから」

あとで思い通りにいかなかったと苦情を云われても困る。こういうことは早いうちに云っておいたほうがいい。

努めて事務的に告げたつもりだったけれど、僅《わず》かに苛立《いらだ》ちが滲《にじ》んでしまった。それを察したのか、高篠は楽しげに問いかけてくる。

「へえ、じゃあどんなのが好みなんだ？」

「そうですね、黒髪《くろかみ》で細身の眼鏡《めがね》が似合うような人がいいですね」

これは反応を試《ため》されているのだろうと思い、笑顔《えがお》で返す。榛名を彷彿《ほうふつ》とさせるようなイメージを告げたのは、楽しげに自分の反応を見ている高篠への意趣返し《いしゅがえ》のようなものだった。だが、高篠は動じることなく、レオナルドへと受け流す。

「だそうだ。自信のほどは？」

「さあな、鋭意《えいい》努力するとしか云いようがない。俺はハードルは高ければ高いほど燃える質《たち》なんだ。誠心誠意、がんばるよ」

「え……？」

もしかして、逆に煽《あお》ることになってしまっただろうか？

（がんばられても困るんだけど……）

先行きに不安を覚えたけれど、いまさら前言を撤回《てっかい》するわけにはいかない。

「どう進展するかはさておき、任せてしまっていいんだな？」

確認の言葉に苦々しく頷《うなず》く。

「……はい、私でよろしければ。拘束《こうそく》時間は通常の勤務と同じと思ってよろしいですか？　それと現在担当している仕事も疎《おろそ》かにはしたくないのですが」

「そのへんはレオナルドと話し合ってくれ。俺は口を挟《はさ》まん。——ということで決まりだ。レオナルド、一ヶ月間、彼を君に預けよう。ただし、彼も当社の大事な社員だからな、彼の意思は尊重してもらいたい」

「わかってる。もちろん大切にするよ」

レオナルドは満足げに頷いた。

まるで自分を嫁《よめ》にもらうかのような物云いは引っかかったけれど、客人に対してツッコミを入れるわけにもいかない。

これから一月、唯史はレオナルドについて、接待に徹《てっ》することになったというわけだ。その間の仕事は他《ほか》の社員に割《わ》り振《ふ》って引き受けてもらわなくてはならないが、社長命令だと云えばみんな協力してくれるだろう。

「至らない事もあると思いますが、しばらくの間よろしくお願いします」

「こちらこそ。君とのデートが楽しみだ」

「……。観光をご所望のようでしたが、されたいことや行かれたいところがありましたらおっしゃって下さい」

ため息が出そうになるのを堪え、事務的に告げる。対照的にレオナルドは楽しげだった。

「そうだな。この会社の中を見てみたい」

「社内をですか…？」

予想の斜《なな》め上を行くレオナルドの答えに啞然《あぜん》とする。

「ああ、日本のビジネスマンがどんなところで働いているのか見てみたい。とくに君の職場をね」

まさかそんなことを云い出すとは思わず、どうしたものかと困っていると社長が事も無げに云ってくる。

「小田桐、案内してやれ。君ももう社内で迷子にはならないだろう？」

「契約《けいやく》の件は一応極秘事項《ごくひじこう》なのでは……？」

レオナルドが来社していることは社内に知れ渡《わた》っているのが現状だが、あまり大っぴらにするのもどうかと思う。

「ウチに社外秘事項を口外する社員はいないから大丈夫《だいじょうぶ》だよ」

本当に大丈夫かと聞きたかったけれど、相手は社長だ。高篠がいいというのだから、自分が心配することもないだろう。

「……わかりました。どちらを案内すればよろしいですか？」

「まずは君の職場に連れていってあげたらどうだ？」

「そうですね。では、こちらへどうぞ、デュケインさん」

渋々承諾《しぶしぶしょうだく》し、また案内のために先に立つ。マネージャーも一緒《いっしょ》に来るかと思いきや、ついてきたのはレオナルドだけだった。

営業部のある階へ向かうため、エレベーターに乗り込む。沈黙《ちんもく》が耐《た》えきれず、唯史のほうから話しかけた。

「あの…お一人でよろしいんですか？　マネージャーの方がご一緒のほうが……」

「どうして？　せっかく二人になれるチャンスなのに」

「……っ」

顔を寄せられ、ふわりと何かの香《かお》りが鼻孔《びこう》を掠《かす》める。囁《ささや》くような甘い言葉をかけられ、ドキリと心臓が大きく跳ねた。

他の男に云われたなら笑い飛ばしているような言葉だが、レオナルドが口にするとまるで映画のワンシーンのようだ。唯史は必死に動揺《どうよう》を押し隠す。

好意を寄せてくれるのはありがたいと思うが、あまりに違《ちが》う世界の人間すぎて信じきれないのが実情だ。

「君も敬語じゃなくていい。その言葉遣《ことばづか》いは落ち着かない。歳は変わらないだろう？」

「申し訳ありませんが、仕事ですので」

「それなら、せめてファーストネームで呼んでくれないか？」

「レオナルドさん、でよろしいですか？」

「『さん』はなくていい」

「――つきましたよ、営業部はこちらになります」

ちょうどエレベーターが営業部のある階に到着《とうちゃく》したのをいいことに、レオナルドの言葉を聞き流す。必要以上に親しくはなりたくない。

幸い人の少ない時間だったようで、エレベーターホールにも廊下《ろうか》にも社員の姿はなかった。

「そういえば、以前は社内で迷子になっていたのか？」

「なってません。大阪《おおさか》支社から転属になったばかりなので、ああいうふうにおっしゃったんだと思います。ここが私の所属している営業部です」

パーティションに遮《さえぎ》られたフロアの入り口付近で足を止める。連れてきたのはいいけれど、見て面白《おもしろ》いものはとくにない。

「あれ？　小田桐さん、お帰りなさい。もう通訳のお仕事はいいんですか？」

「うん、それが通訳は必要なかったんだ」

「何だぁ、残念でしたね。でも、お出迎《でむか》えはしたんですよね？　間近で見るハリウッドスターはどうでしたかっ？」

同僚《どうりょう》は瞳《ひとみ》を輝《かがや》かせながら感想を訊《き》いてくる。

「自分の目で確かめてみたら？」

「こちらがレオナルド・デュケイン氏だ。社内を見学したいそうなんだ。ちょっと仕事の邪魔《じゃま》するけどごめんね」

好奇《こうき》心剝《む》き出しの問いかけに苦笑《くしょう》しながら、背後のレオナルドを紹介《しょうかい》した。

「え?」

「うそ……ほ、本物…?」

「忙《いそが》しいところすまない。少しお邪魔させてもらうよ」

「は、はい……」

唯史を出迎えた営業補佐《ほさ》の女性社員はレオナルドに微笑《ほほえ》みかけられ、夢でも見ているかのような表情で何度も目を瞬《またた》いた。

レオナルドが姿を現したのをきっかけに、フロアは案の定騒《さわ》がしくなった。ミーハーに駆《か》け寄ってくる社員はいないけれど、みんなそわそわとした様子でこちらを注視している。

「君の机はどれ?」

「あの列の奥から二番目の席です」

何故《なぜ》そんなことが知りたいのかと訝《いぶか》しく思いながら教えると、レオナルドは唯史の席につかつかと歩み寄りそこへ腰《こし》を下ろした。

どうやら長い足が余ってしまうようで座りづらそうだったが、興味深げに机のあちこちを見ている。

「ここでいつも仕事してるのか」

「普段《ふだん》は外回りのほうが多いですけどね」

「外回りとは何をするんだ？」

「商品を売り込みに行ったり、売れ行きを調べに行ったりするんです」

「なるほどな」

見慣れた自分の職場にハリウッドスターがいる光景は、ミスマッチでどこか可笑《おか》しい。しかし、悠長《ゆうちょう》に笑っている場合でもなかった。

騒ぎにならないうちに、早く上の階に連れ帰りたかったけれど、レオナルドは近くの席の女性社員に話しかけたりしていて、まだまだ戻《もど》る気はなさそうだった。

「ねえ、ちょっといいかな」

「えっ、わ、私ですか？」

不意に声をかけられた近くの席の女性社員は驚《おどろ》きのあまり、声がひっくり返ってしまったようだ。普段はスクリーンの中にいるはずのスターに声をかけられたのだから、しどろもどろになって当然だろう。

レオナルドは彼女の動揺に構うことなく、質問を投げかける。

「普段の唯史はどういう感じ？」

「お、小田桐さんですか？　あの、ええと……すごく仕事もできて、困ってるときは手助けし

てくれたり して頼《たよ》りになる人です」

　本人が横にいるせいか、過分な評価をしてくれている。苦笑いで聞いていたら、レオナルドの質問が思わぬ方向へと傾《かたむ》いていった。

「じゃあ、人気あるんだ？　かなりモテそうだよね。君は唯史に恋人《こいびと》がいるかどうか知ってる？」

「ちょっ…」

　仕事の上での能力を探《さぐ》っているのかと思いきや、その追及《ついきゅう》はプライベートの比重が大きくなってきた。

（いったい、何を訊いてるんだ！　つーか、何で勝手に呼び捨てにしてるんだ⁉）

　余計なことは云《い》うなと口止めするにも、フロア中の視線が集まっている状態では難しい。やきもきしている唯史をよそに、女性社員は素直《すなお》に答えを口にする。

「はい、女子には人気があります。でも、恋人がいるかどうかはちょっとわかりません……」

「ってことは、社内にはいないんだ？」

「多分…。狙《ねら》ってる子はいるみたいなんですけど、営業は残業も多いですし、休日出勤もありますから、合コンに誘《さそ》ってもなかなか顔を出してくれないんですよね」

「ゴーコン？」

　わからない単語に首を傾《かし》げる。日本語に堪能《たんのう》な割りにこういう言葉には疎《うと》いようだ。仕方なく、横から唯史が口を挟《はさ》んで説明する。

「それは初対面同士で親睦《しんぼく》を深めるのが目的の、小規模なパーティのようなものです」

「なるほど、ホームパーティのようなものか」

唯史の解説に納得《なっとく》したレオナルドは、女性社員へと向き直る。

「つまり、唯史はつき合いが悪いってことだな」

「そうなんですよ〜。いまは仕事が恋人って感じで、めきめき成績を伸《の》ばしてます」

「社内で仲のいい社員はいるのか？」

「営業部の男性社員はみんな仲がいいですよ。合コンには来なくても、男性社員同士では帰りに飲みに行ったりしてるみたいですし」

繰《く》り返される問いかけに彼女の口は徐々《じょじょ》に滑《なめ》らかになっていた。唯史はどこかで会話を止めようと、タイミングを見計らう。

「あー…その、そろそろよろしいでしょうか？　彼女にも仕事がありますので」

「ああ、そうだったな。すまないな、時間を取らせて」

「いえっ、全然構いません！」

「ありがとう、色々と参考になったよ」

レオナルドに微笑みかけられた女性社員はうっとりとしているが、唯史としては身辺調査をされているようで面白《おもしろ》くない。

「私で不満なようでしたら、他のものと代わりますが」

慇懃《いんぎん》に告げるとレオナルドは軽く肩《かた》を竦《すく》めて見せた。

「不満があるわけじゃない。君に恋人がいるかどうか知りたかっただけだ」

「は？」

「これで安心して君を口説ける」

「なっ……」

まさか、そんなことを考えていたなんて想像もしていなかった。あまりのことに、咄嗟《とっさ》に言葉が出てこない。

「もし恋人がいたなら、相手に悪いだろう？」

「デュケインさん、そういう冗談《じょうだん》はやめて下さい！　もう行きますよ！　社長もお待ちでしょうから！」

「唯史？」

フロアにいる社員が注目する中、とんでもないことを嘯《うそぶ》くレオナルドを慌《あわ》てて引っ張っていき、エレベーターに乗せる。そして、ドアが閉まるのを確認してからレオナルドを叱《しか》り飛ばした。もちろん、外に聞こえないようにボリュームは抑《おさ》えたけれど。

「あんた、自分の立場わかってんのか⁉」

もしも唯史がゲイだと知れたとしてもそれは個人的な問題で済むが、レオナルドはハリウッドスターだ。

ここが社内だったからまだよかったものの、外であんな発言をして誰かに聞かれたらどうするつもりなのか。

それがインターネット上のホームページやブログなどで書かれたりすれば、大騒《おおさわ》ぎになってしまうかもしれない。そうなったら、今度のゲームの企画《きかく》にも悪影響《あくえいきよう》が出てしまう。

唯史に怒鳴《どな》られたレオナルドは一瞬《いっしゅん》きょとんとしてから吹《ふ》き出した。

「心配してくれるんだ？」

声を立てて笑う男をふざけてるのかと怒鳴ってやりたかったけれど、相手は大事な契約《けいやく》相手だということを思い出し、自制する。

だが、このまま一方的に振《ふ》り回されるのは避《さ》けたいと思い、はっきりと忠告することにした。

「いいですか？　悪い評判が立てば我が社も迷惑《めいわく》するんです。今回の企画だって頓挫《とんざ》することもあるかもしれません。あなたも仕事でいらしてることを自覚しているなら、それなりの振る舞《ま》いをなさって下さい」

「別にふざけてるわけじゃない。牽制《けんせい》しておきたかっただけだ」

「は？」

「これから、本気で口説くからそのつもりでいてくれ」

レオナルドは真面目《まじめ》な顔でそう云って唯史の肩を掴《つか》むと、強引《ごういん》に引き寄せてきた。驚きに声を上げる間もなく、唇《くちびる》を奪《うば》われる。

「ん、んん…っ」

突然《とつぜん》のキスに面食《めんく》らっていたら、レオナルドは無遠慮《ぶえんりょ》に唇の隙間《すきま》を舐《な》めてきた。熱い舌の感《かん》触《しょく》に、ぞくりとした震《ふる》えが走る。

唯史が反応できずにいるのをいいことに、そのまま忍《しの》び込んできた舌は大胆《だいたん》に口腔《こうこう》を犯してきた。強引で情熱的な口づけはレオナルドそのものだ。

(何考えてんだ……っ)

手順を踏《ふ》むと抜《ぬ》かしていたのはどこの誰だ。あちらではキスは挨拶《あいさつ》程度のことなのかもしれないけれど、ここは日本だ。

「んぅ、ん——……っ——は…なせ…っ！」

エレベーターが開く前に何とか突《つ》き放《はな》す。

今度こそ怒鳴りつけてやろうと思ったけれど、社内で大声を出すわけにはいかない。その代わりに睨《にら》みつけていると、レオナルドは機嫌《きげん》を損ねるどころか楽しそうに笑い声を上げた。

「はは、やっぱり気が強いな」

「——からかってるんですか？」

「とんでもない。あんまり可愛《かわい》いから、少し気が急《せ》いてしまっただけだ」

「………」

この歳になって可愛いと云われる日が来ようとは。美人だの可愛いだの、普段《ふだん》なら到底《とうてい》云われないような単語だ。

レオナルドの目がおかしいのか、それともアメリカ育ちだと美的感覚が違《ちが》うのかはわからないが、云われて嬉《うれ》しい言葉ではない。

「悪かった。謝るからそんな顔をするな」

「これが地です」

「嘘《うそ》をつけ。笑うともっと可愛くなるだろ」

「見たこともないのに、知ったような口をきかないで下さい」

素っ気なく告げると、レオナルドは少し悲しそうな表情をした。

(どうしてそこでそういう顔をするんだよ。こっちがいじめてるみたいじゃないか……)

軽口が返ってくると思っていた唯史は、罪悪感に駆《か》られ気まずさから目を逸《そ》らす。

フォローすべきなのはわかっているけれど、いまさら何を云っても白々しい気がして言葉が出てこなかった。そんな重たい沈黙《ちんもく》を先に破ったのは、レオナルドだった。

「一つ訊《き》いてもいいか?」

「え? ええ、仕事に関することでしたら」

唯史は突然の問いに面食らいつつも頷《うなず》いた。

「君にとって、今回の企画は大事なものか?」

「は？　そんなの当たり前じゃないですか」

どんな仕事だって手を抜いたことは一度もないけれど、その中でも、今度の企画はとくに気合いを入れていた。

個人的にも好きなゲームのシリーズだし、企画段階から関《かか》わらせてもらえるなんてそうあるチャンスではない。

だが、唯史は熱弁を振るいそうになるのを堪《こら》え、冷静に告げた。

「私はどんな仕事も全力で取り組むのがポリシーですから。あなたは違うんですか？」

まっすぐに目を見て云《い》うと、レオナルドは小さく息を呑《の》んだ。

「……いや、その通りだ。余計なことを訊いてすまなかった」

「いえ、私も出すぎたことを云いました。すみません」

謝られ、偉《えら》そうなことを云ってしまったことを反省する。頭を下げるとレオナルドは唯史の肩を軽く叩《たた》いて、先に社長室のほうへと歩き出した。

「俺もできる限り協力させてもらう。契約以外にできることがないか、将哉に訊いてみよう」

「あ、あの、でも、これから休暇《きゅうか》を取るんですよね…？」

「唯史にいいところを見せられるなら休日なんてなくていい」

「……っ、ちょ、調子のいいこと云わないで下さい」

その言葉が本気なのか冗談なのか——唯史に向けられた笑顔《えがお》からは、レオナルドの真意はよくわからなかった。

社長室に戻《もど》ったレオナルドは前言通り、高篠に「もっと自分にできることはないか？」と切り出した。

マネージャーは慌てていたけれど、レオナルドの意志は固く、トントン拍子《びょうし》で海外版の吹き替《か》えをレオナルドが担当することになった。

ゲームの制作に関してはこの場に専門の社員がいないため、翌日また改めて制作スタッフたちと打ち合わせをすることになり、それに付随《ふずい》する手配は全《すべ》て唯史がこなすことになってしまった。

「余計なこと云ったかなぁ……」

会社としてはプラスだが、唯史的にはより一層負担が増えたわけだ。今日だって諸々《もろもろ》の雑事を片づけていたせいで本来の仕事に皺寄《しわよ》せが行き、残業が長引くはめになった。

（ま、仕方ないよな、仕事だし）

いつまでもくよくよしてても仕方ない。

唯史は風呂《ふろ》上がりの濡《ぬ》れた髪《かみ》をがしがしと拭《ふ》きながら、キッチンで冷蔵庫からビールを取り出し、素足《すあし》でリビングへと向かった。

その真ん中に置かれているローテーブルには会社から持ち帰った大量の資料と、レンタルショップで借りてきたハリウッド映画のＤＶＤが積み上げてある。

「さて、と」

借りてきたＤＶＤをプレイヤーにセットしてから、ソファにどっかりと腰《こし》を下ろす。映画のクレジットを横目で見ながら、資料の一つを手に取った。

これはレオナルドたちが帰っていったあと、接待をするに当たって失礼のないようにと渡《わた》されたものだ。

いままでの経歴やインタビュー記事がファイルされている。レオナルドをゲームのイメージキャラクターに起用するに当たって用意された資料らしい。

「やけに写真が多いな……」

雑誌の切り抜きやオフィシャルホームページを印刷したものも入っている。これには資料というよりは、誰かが趣味《しゅみ》で集めたものも入っているのではないだろうか。

そこに記されたプロフィールには幼少期は日本で育ち、両親の復縁《ふくえん》でアメリカに戻ったと書いてある。どうりで日本語が堪能《たんのう》なはずだ。

「えー……学生のとき友達に劇団に誘《さそ》われたのをきっかけに演劇を始め、端役《はやく》としてテレビドラマに出るようになる。映画にも活動の幅《はば》を広げ、小さな役でキャリアを積むうちに著名な監《かん》督《とく》に目をとめられチャンスを摑《つか》むことになった――へえ、けっこう地道な経歴なんだな」

インタビュー記事を読んでみると、レオナルドが真面目《まじめ》で堅実《けんじつ》な考え方をしていることがわかった。

演じている役柄《やくがら》についてや役者という仕事については熱心に語る一方、質問がプライベートに及《およ》ぶと途端《とたん》に口が重くなる様子が窺《うかが》える。

添《そ》えられたライターのコメントには、口数が少なく愛想《あいそう》がいいほうではないためインタビューには苦労するが、アクションもこなせる実力派で役作りに対してはストイックに臨む職人的な俳優であると好意的に書いてある。

そのライター曰《いわ》く、それまでインタビューをしたハリウッドスターの中では一二を争うほど謙虚《けんきょ》な人格者だという印象で、個人的にも好感を抱《いだ》いているようだった。

テレビに目を向けると、レオナルド演じる主人公がまさにいま危険な場所へと踏み込もうとしているところだった。

「ムカつくくらいカッコいいよな」

唯史は ビールを呷《あお》りながら、やっかみのような呟《つぶや》きを零《こぼ》した。レオナルドは大きな賞を取るだけあって演技も上手《うま》いし、何よりカリスマ性がある。

ハニーブロンドに灰色がかった茶色い瞳《ひとみ》。西洋人独特の彫《ほ》りの深さに日本人特有のベビーフェイスが混じった甘い顔立ち。

画面の中から見つめられているだけなのに、ドキリとしてしまうような色気もある。世の女性たちが夢中になるのも頷ける。

（おまけにキスも上手いし……）

レオナルドにされた不意打ちの口づけは、悔《くや》しいけれど上手かった。認めたくはないけれど、油断したら腰砕《こしくだ》けになるところだった。

資料によると、現在、前作で共演した有名な女優ソフィア・グリーンとのロマンスが囁《ささや》かれているらしく、パパラッチがスクープを狙《ねら》っているらしい。もし本当にこの女優が恋人《こいびと》なのだとしたら、ゲイではないはずだ。

「……ということは、バイか？」

昼間、会社で唯史を口説いてきた人と同一人物だとは思えず、首を傾《かし》げてしまう。

唯史にはレオナルドが何を考えているのか、どういう人物なのか、ますますわからなくなってしまった。理解できたところで口説かれるつもりはさらさらないが。

「金髪《きんぱつ》には嫌《いや》な思い出があるんだよな……」

金色の髪を見ていると、昔の苦い記憶《きおく》を思い出してしまう。

幼い頃《ころ》、唯史の住んでいたマンションの隣《となり》の部屋に母子家庭の家族が住んでおり、その家には唯史と同い年の男の子がいた。

その男の子は父親が外国人だったらしく、髪はさらさらのハニーブロンド、顔は西洋人形のように整っていた。目立つ外見の上に小柄《こがら》で引っ込み思案だったため、小学校でからかわれては泣いていた。

そんな彼をいじめっ子たちから庇《かば》っていたのが唯史だ。

唯史にとって、彼は誰《だれ》より大事な友達だったからだ。正反対の性格をしていたけれど、無性《むしょう》に気が合い、お互《たが》いに親友だと云い合うほど仲よくしていた。

放課後は二人で、唯史の家で過ごしていることが多かった。二人でゲームをしたり、おやつを半分ずつで分け合ったり、宿題を手伝ってもらったり。遊園地などへ遊びに連れていってもらうときは必ず一緒《いっしょ》に行っていた。

いま思えば、母子家庭で働きに出ている彼の母がなかなかかまうことができないのを見かねて、唯史の母がまとめて面倒《めんどう》を見ていたのだろう。あまりよくは覚えていないけれど、母親同士も仲よくしていたような記憶がある。

――それなのに、ある日彼は何も告げずに引っ越《こ》していった。

どうして黙《だま》っていなくなってしまったのかと、当時はかなり怒《おこ》り、そして落ち込んだものだ。母親に理由を訊《き》いても「知らない」の一点張りで、行方《ゆくえ》を捜《さが》すこともできなかったし、手紙を書くこともできなかった。

(あれが初恋《はつこい》で初失恋《しつれん》だったんだろうな……)

だから、あれほどまでにショックだったのだろう。

彼のことが誰よりも好きだった。彼を泣かせるやつは許せなかったし、彼が笑顔になればそれだけで幸せな気持ちになった。

あの頃は自分の気持ちに『友情』という言葉しか当てはめられなかったけれど、いま思えば恋心以外の何ものでもない。

そもそも、普通《ふつう》は親友とはキスはしないだろう。子供ゆえの好奇心《こうき》から一度だけ唇《くちびる》を触《ふ》れ合わせたことがある。正真正銘《しょうしんしょうめい》、あれが唯史のファーストキスだ。

我ながら早い性の目覚めだと思うが、そのお陰《かげ》なのかあまり自分の性癖《せいへき》について深く悩《なや》んだことはないし、両親にも早いうちにカミングアウトをすませている。それなりに驚《おどろ》いてはいたけれど、過剰《かじょう》な嫌悪《けんお》感を示されたりすることは一切《いっさい》なかった。

「あいつ、何て名前だったっけ？」

たしか、女の子のような名前をしていたはずだ。それもからかわれる理由の一つになっていたのはよく覚えているが、肝心《かんじん》の名前は思い出せない。

裏切られたという思いが強かったため、子供の頃はできる限り彼のことは思い出さないようにしていたし、怒りのあまり思い出の品は全《すべ》て捨ててしまった。

そのため、本当にしばらくの間は、彼のことを綺麗《きれい》さっぱり忘れ去っていた。そんな記憶が蘇《よみがえ》ったのは、思春期になって周囲が色気づき出した頃だ。

友人たちと恋愛《れんあい》の話になったり、告白をされたりしたときに決まって脳裏《のうり》を過《よ》ぎるのは、彼のことだったのだ。

きっと、思い出を捨て去っても、あの頃に感じた気持ちが消えることはなかったのだろう。

「……いま頃《ごろ》、どうしてんだろうな」

大人《おとな》になったいまは、彼にも彼なりの事情があったのだろうと思える。それと同時に、手紙くらいくれてもいいのにという思いもあった。

（いい加減、引き摺《ず》りすぎだよな）

あんな昔のことをいまさら気にしたって、どうにもならないというのに我ながらしつこい性格だ。もう二度と会うことのない相手のことを考えたってどうしようもない。

日本国内にいるならどこかで再会する可能性がないとは云《い》いきれないけれど、彼はアメリカへ帰っていったのだから。

「ん？　そういや、レオナルドと少し境遇《きょうぐう》が似てるか？」

幼少期日本で育ち、アメリカに移住したこと、外国人と日本人のハーフだということ——そのあたりは被《かぶ》ってる。

金髪だということも同じだが、さすがにそれは判断材料にならないだろう。金髪のアメリカ人など星の数ほどいる。

「……まさかな」

一瞬《いっしゅん》脳裏に掠《かす》めた可能性を、唯史は笑って否定する。映画ではないのだから、そんな偶然《ぐうぜん》がそう簡単にあってたまるものか。いくら似た経歴を持っているからと云っても、二人が同一人物だなんてありえない。

アルコールのせいで思考がおかしくなっているのだろう。独り言ばかり云ってしまうのも、きっとそのせいだ。

唯史は温《ぬる》くなったビールの残りを飲み干し、再びテレビに目を向けると、画面の中ではレオナルドが傷だらけになって奮闘《ふんとう》していた。

2

「くあ……」

会社の前でゲームの開発陣《じん》との打ち合わせにやって来ることになっているレオナルドを待ちながら、つい大きな欠伸《あくび》をしてしまった。

結局、昨夜は借りてきたDVDに夢中になってしまったため、今日は完璧《かんぺき》に寝不足《ねぶそく》だ。帰りも遅《おそ》かったため、ほとんど眠《ねむ》れていない。

数日かけてぼちぼち見る予定だったのに、一晩でエンディングを迎《むか》えてしまった。

(あれ、三時間近くあったよな……)

流れ始めたエンドロールにはっとして時計を見たときは、思わず自分の目を疑ったものだ。あんなふうにのめり込んで見てしまうなんて、我ながら驚きだ。

普段《ふだん》はあまりハリウッド映画は見ないのだが、予想していたよりも深い作品で先入観を抱《いだ》いていた自分を恥《は》じた。

ストーリーも面白《おもしろ》かったけれど、何よりレオナルドの演技に引き摺り込まれた。

悪人に凄《すご》む眼差《まなざ》しに鳥肌《とりはだ》を立て、愛《いと》しい人へ見せる穏《おだ》やかな笑《え》みに胸が温かくなり、情熱的な愛の告白に心が震《ふる》えた。

（しかし、まさか泣くとは思わなかった……）

ただのアクション映画だとばかり思っていたのに、最後はティッシュの箱を手放せなくなっていた。

周囲には隠《かく》しているけれど、実は唯史はかなり涙脆《なみだもろ》い。そのため、できるだけ外で映画を見ないようにしており、どうしてもというときは感動的な要素が少ないものを選ぶ。動物ものなどは以《もっ》ての外だ。

目蓋《まぶた》の腫《は》れを鎮《しず》めるために、蒸しタオルを当てて温めたり冷やしたりしてきたのだが、まだ何となく重たいような気がする。

「おはよう、唯史」

「……っ、お、おはようございます」

ぼうっとしていたせいで、レオナルドが来たことに気づかなかった。慌《あわ》てて表情を引き締《し》め、頭を下げる。

「あれ？　マネージャーの方は？」

車は昨日と同じ人物が運転してきたようだが、辺りを見回しても他《ほか》のスタッフの姿が一人も見えない。

「エディは別の仕事に行ってる。それが終われば俺を迎えに来るよ」

数日前にまとめて受けた取材記事や映像のチェックのため、配給会社へと出向いているのだそうだが、代わりのスタッフをレオナルドにつき添《そ》わせるべきではないのだろうか？

「他につき添いの方とかはいないんですか？」

「必要ない。いつもだいたい一人で動いてるしな」

「………」

レオナルドには、自分がハリウッドスターだという自覚があまりないのかもしれない。単独行動をして万が一にも何かあったらどうするつもりなのか考えているのだろうか？

あまりに無防備なため、唯史のほうが心配になってしまう。

「それより、今日は君にプレゼントがあるんだ」

「は？」

あくまでマイペースなレオナルドに、眉根《まゆね》を寄せる。ポケットから取り出されたのは、見るからに新品の黒い携帯電話《けいたいでんわ》だった。

「あの、これは……」

「携帯電話だ。見てわからないか？」

「そうじゃなくて！」

これが携帯電話だということくらい自分にだって見ればわかる。どうして、こんなものを渡《わた》してくるのかを訊きたいのだ。

「俺の番号が登録してある。衛星電話で海外とも繋《つな》がるようになってるから、いつでも気が向いたときにかけてくれ。唯史からの電話ならどんなときでも大歓迎《だいかんげい》だ」

「なっ……こんな高価なものいただけません！」

番号を聞かれたことは何度もあるけれど、携帯電話自体を渡されたのは初めてだ。しかも、衛星携帯電話となるとかなり高価なもののはずだ。レオナルドにとっては取るに足らない金額かもしれないけれど、唯史としては気安く受け取れない。

「じゃあ、預けておく。使わなくていいから持っててくれ。それなら、いいだろう？」

「……預かっておくだけなら」

こちらから電話をかけるつもりはさらさらないが、相手は大事な契約《けいやく》相手だ。そこまで云われては、いらないと突《つ》き返すわけにはいかない。

やむなく受け取ったそれは、手の平にずしりとした重みを感じた。いったい、こんなものをいつ用意したのだろうか？

「あと一つ」

「えっ……」

まだ何かあるのかと思いながら警戒《けいかい》していると、レオナルドは胸元《むなもと》から白い封筒《ふうとう》を取り出した。そして、それを唯史へと差し出してくる。

「急場で用意したからあまりいい席ではないんだが」

「席って――」

「今日の試写会に来て欲しい。誰《だれ》よりも唯史に見て欲しいんだ」

「……っ」

臆面《おくめん》もないストレートな言葉に少し動揺《どうよう》してしまうのは、昨夜の映画の印象を引き摺ってい
るせいだろうか。さすが、ハリウッドスターだ。雰囲気《ふんいき》を作るのが上手《うま》い。

（いかん、雰囲気に飲まれてる）

ムードに流されるのは、映画を見ているときだけでいい。唯史はわざとらしく咳払《せきばら》いをして
気を取り直すと、冷静な口調で返した。

「私よりも他に見て欲しい人がいるんじゃないですか？」

「他に？　いったい、誰のことを云《い》ってるんだ？」

「いま、おつき合いなさってる方がいらっしゃるじゃないですか」

ただの事実として告げたつもりだったのだが、レオナルドはそうは受け取らなかったようだ。

「もしかして、ソフィのことを気にしてるのか？　彼女はただの友達だ。君が心配するような
ことは何もない」

「別に何の心配もしていません！」

唯史の問いかけをヤキモチを妬《や》いたせいだと都合よく受け取るレオナルドに、思わず声を荒《あ》
らげる。

「照れてるのか？」

「照れてもいません！」

「見に来てくれるだろう？　唯史の感想を聞きたいんだ」

真剣《しんけん》な眼差しに居心地《いごこち》が悪くなる。唯史は渋々《しぶしぶ》と頷《うなず》くほかなかった。

「……わかりました。伺《うかが》います」

「ありがとう。君なら、そう云ってくれると思ってたよ」

「立ち話も何ですから、こちらへどうぞ。開発チームが待っておりますので」

これ以上何か云われないよう、そそくさと開発者たちが待っている会議室へと案内する。

（試写会か……。招待状を受け取っちゃったんだから、行かなきゃまずいよなぁ。午後は仕事の引き継《つ》ぎがあるんだけど……）

レオナルドの接待をしている間の仕事を一時的に肩代《かたが》わりしてもらうため、同僚《どうりょう》に時間を空《あ》けてもらって引き継ぎをすることになっている。試写会に行くには、その引き継ぎに時間をかけられないということだ。

気が進まない理由は他にもある。

（できることなら外では見たくないんだよな）

今回レオナルドが出演している作品は、ラブロマンスがメインだそうだ。絶対に感動的なシーンがあるに違《ちが》いない。涙《なみだ》を堪《こら》えられるかどうか、唯史は自信がなかった。

「唯史、どうかしたか？」

「い、いえ」

泣いてしまうかもしれないから行きたくないなどと口が裂《さ》けても云えるわけがない。とは云え、誘《さそ》いを断ることも難しいだろう。

こうなったら、できるだけ画面を見ないようにするしかないかもしれない。そうすれば感情移入しきることはないはずだ。

レオナルドを案内しながら考えごとに意識を飛ばしていると、あらぬ方向から挨拶《あいさつ》の声が聞こえてきた。

「小田桐さんっ、おはようございます!」

「おはようございます〜」

「ん? おはよう」

普段《ふだん》は廊下《ろうか》ですれ違っても頭を下げるだけの女性社員が次々に弾《はず》んだ声で挨拶してくる。

(おはようって云っても、もう十一時すぎだぞ?)

その上、やけにすれ違う人数が多い。きっと、これはレオナルドが目的なのだろう。偶然《ぐうぜん》を装ってすれ違うために、途中《とちゅう》で待ち伏《ぶ》せしていたに違いない。

彼女たちの目的を察した唯史は小さくため息をついた。次回の打ち合わせからはこうした野次馬が出ないよう、上役に云って注意をしてもらわなければ。好奇心《こうきしん》を抑《おさ》えられない気持ちはわかるけれど、これでは仕事に支障が出てしまう。

エレベーターに乗り込み、二人きりになった途端《とたん》、レオナルドは深々とため息をついた。

「すみません、落ち着きがなくて」

「やっぱり社内で人気があるんだな、唯史は」

「は？　どこがですか？」

「さっきから、やけに女の子に話しかけられてるじゃないか」

拗《す》ねたような響《ひび》きのレオナルドの言葉に苦笑《くしょう》する。各所で待ち構えていた女性社員が皆《みな》、唯史が目的だったと思っているようだ。

「ああ、あれはあなたのことが気になってるだけですよ。私はだしに使われてるだけです」

朝、出社したときに他部署の社員に探《さぐ》りを入れたところ、唯史がレオナルドに気に入られたらしいという噂《うわさ》はあっという間に社内に広がったようだった。

『口説く』と云っていたことまでは伝わっていないようでほっとした。きっと、あの場にいた人たちはアメリカンジョークの一種か何かだと思ったのだろう。

「だが、君もやけに親しげだったじゃないか」

「仕事上、必要ですから。女性社員には普段から愛想《あいそ》をよくしておかないと、いざというとき協力してもらえませんからね」

「仕事なのに協力してもらえないことがあるのか？」

「そういうものですよ。誰だって嫌《きら》いな相手に必要以上のことをしてあげたいとは思わないでしょう?」

「なるほど。俺も唯史のためだと思えばやる気が出てくるしな」

「……っ、何をおっしゃってるんですか。そもそも、私のために仕事を引き受けたわけじゃないでしょう」

「さあ、どうだろうな」

軽い言葉ではぐらかされ苛々《いらいら》する。

昨日読んだ資料にはレオナルドは堅物《かたぶつ》でジョークなど滅多《めった》に口にしない人物だと記されていたはずだが、いま斜《なな》め後ろを歩いている男はどう見たって軽い。

いったい、どういうつもりで今回の仕事を引き受けたのだろう?

「……どうして……」

「ん?」

「あなたはどうしてウチの仕事を引き受けたんですか?」

振《ふ》り向いてそう問うと、レオナルドは息を呑《の》んだ。一瞬《いっしゅん》戸惑《とまど》いを見せた気がしたけれど、その口から出てきたのは、やはり気障《きざ》な言葉だった。

「——君に逢《あ》うためだって云ったら信じるか?」

「し、信じられるわけないでしょう。あなたとは昨日会ったばかりなんですから」

初めて顔を合わせてからまだ二日目なのに、そんな都合のいい言葉をすんなり受け入れられるはずがない。

もう少し問い質《ただ》したいと思ったけれど、会議室の前に着いてしまった。

「こちらの部屋になります」

ドアをノックすると、中からどうぞという声が聞こえてきた。会議室では、緊張《きんちょう》しきった開発チームのスタッフが待っていた。

「失礼します。デュケイン氏をお連れ致《いた》しました」

「ミスターデュケイン、お待ちしておりました。本日はどうぞよろしくお願いします」

「よろしく、レオナルド・デュケインだ。そんなに堅苦《かたくる》しくしないでくれ。俺のことはレオナルドでいい」

レオナルドは昨日と同じような気さくな態度で、右手を差し出す。チームの責任者はおずおずとその手を握《にぎ》り返していた。

「は、はい、恐《おそ》れ入ります」

「社長のほうから話は行っていると思うが、俺にできることがあったら何でも云ってくれ。一緒《いっしょ》にいい作品を作ろう」

「はい！」

レオナルドの真摯《しんし》で親しげな様子に、その場にいた全員が心を摑《つか》まれていた。

(俺にも普通《ふつう》に接してくれりゃいいのに……)

自分には不釣《ふつ》り合いなあの甘い言葉は、本当にレオナルドの本心なんだろうか？

唯史は広い背中を見つめながら、悩《なや》ましくため息をつくのだった。


明かりの落ちたシアターのあちこちから、微《かす》かな啜《すす》り泣《な》きが聞こえている。感極《きわ》まってしまったのは唯史も同様で、必死に涙を堪えていたけれど、エンドロールで流れてきた静かな音楽にとうとう涙腺《るいせん》が緩《ゆる》んでしまった。

（くそ……だから、外で映画を見るのは嫌《いや》なんだ……）

会場内に明かりがつき、唯史は慌《あわ》てて取り出したハンカチで涙を拭《ぬぐ》う。レオナルドがステージに上がるときまでには、痕跡《こんせき》を消してしまわなければ。

午後になって、急いで引き継ぎをすませて会場に駆《か》けつけたのだが、入り口は入場を待ちわびた一般客《いっぱんきゃく》でごった返していた。そのほとんどが女性客で、誰《だれ》しもが精一杯《せいいっぱい》めかし込んできたという印象だった。

唯史が案内されたのは最前列の関係者席だった。レオナルドのファンは熱狂《ねっきょう》的な女性が多いため、ステージに駆け寄れてしまいそうな位置は、関係者で埋《う》めておいたのだろう。

映画を見るにはいい席とは云《い》えないけれど、当日に座席を用意できただけすごいのだと映画通の同僚に教えられた。

ここに座るはずだった人は立ち見を強《し》いられることになったのかと思うと、申し訳ない気持ちになると同時に感謝する。

試写会には気乗りせずに足を運んだのだが、いまはこの映画を見ることができて本当によかったと思っている。泣かされたことは悔《くや》しいけれど、涙を誘われるだけあって映画の出来は最高だった。

サスペンスのテイストを取ってはいたが、この作品の一番のテーマはラブロマンスだ。

全編にちりばめられた謎《なぞ》は深く練《ね》り込まれていて、全《すべ》てが明らかになったときには驚《おどろ》きと共に感動を与《あた》えられた。そこに絡《から》む男女の駆け引きや葛藤《かっとう》が甘く切ない雰囲気《ふんいき》を加えている。

それでいて、ハッピーエンドとは云いきれないラストに一種の爽快感《そうかいかん》さえ覚えるのは、監督《かんとく》の手腕《しゅわん》であり、主演のレオナルドとその相手役のソフィア・グリーンの確かな演技力のお陰《かげ》だろう。とくにレオナルドはそれまでの役者としての印象を捨て去り、神経質で臆病《おくびょう》な等身大の男を演じきっていた。

(やっぱりすごい俳優だよな……)

軽口を投げかけてくるからこちらも気負わず応対しているけれど、本来なら手の届かない雲の上の人間なのだと改めて思い知った。

映画の余韻《よいん》に浸《ひた》っていると、会場の明かりが再度落とされた。そして、ステージにピンスポットが当たり、司会の女性が現れた。

「皆様《みなさま》、お待たせしました。このあとはお待ちかねのレオナルド・デュケインさんの登場です」

そう云われた途端、会場からは甲高《かんだか》い歓声《かんせい》が上がった。

「では、大きな拍手《はくしゅ》でお迎《むか》え下さい！」

ステージ袖《そで》から出て来るのかと思いきや、レオナルドは後ろの扉《とびら》から現れた。ピンスポットがレオナルドを捉《とら》え、彼の長身を浮《う》かび上がらせた。彼は朝とは違《ちが》うスーツを身に纏《まと》い、大振《おおぶ》りのサングラスをかけた姿で明るくなった会場を悠々《ゆうゆう》とステージに向かって歩いていく。

サプライズな演出に、観客の叫《さけ》びは一層熱狂的になった。鼓膜《こまく》が破れてしまいそうな黄色い声に対し、彼は鷹揚《おうよう》に手を上げる。

しばらくはみんな大人《おとな》しく座席についていたけれど、通路脇《わき》のファンが差し出した手帳にレオナルドがサインをするのを見た途端《とたん》、雪崩《なだ》れるように彼に向かって目の色を変えて殺到《さっとう》した。

「うわ……マジかよ……」

人気があるのはわかっていたけれど、こんなにも会場中が興奮に包まれるとは予想もしていなかった。あまりのことに思わず独り言を呟《つぶや》いてしまう。

昨夜目を通したインタビューでは、あまりサービス精神は旺盛《おうせい》ではないように書かれていたため、ファンに対してもクールな反応をするのだろうと思っていたのだが、意外にも気安くフアンの握手《あくしゅ》やサインに応じていた。

（でも、マメだよなー）

ステージの袖から現れれば、こんな騒《さわ》ぎには巻き込まれずにすんだはずだ。それでも、観客席から出てきたのはファンサービスに他《ほか》ならないだろう。

意外な優《やさ》しさを見せるレオナルドの姿に、唯史はまた彼への印象を改めた。だが、ファンの熱狂ぶりはいつまで経《た》っても収まらず、なかなか彼の周りから離《はな》れようとしない。レオナルドはステージの前まで来ていたけれどそれ以上は身動きが取れなくなっていた。

映画の配給会社が用意したボディーガードたちが慌ててファンを引き剝《は》がそうとしたけれど、興奮した彼女たちは大人しく席に戻《もど》ろうとしない。それどころか、手を伸《の》ばしてレオナルドの服や髪《かみ》を引っ張ろうとする観客さえ出てきた。

（おいおい、何考えてるんだよ！）

とうとう誰かがレオナルドのサングラスを奪《うば》い取った。濃《こ》いレンズの下に隠《かく》れていた素顔《すがお》が晒《さら》され、彼女たちのテンションはさらに上がる。

目の前で繰《く》り広げられる惨状《さんじょう》に、一人だけ座っているわけにもいかない。最前列の関係者席にいた唯史もファンを押さえるボディーガードに加わった。

「ちょっ…危ないから下がって下さい…っ」

レオナルドとファンの間に割って入る。だが、通路に女性たちを押し戻そうとしていたら、その中の一人にすごい形相で睨《にら》まれた。

「あんた邪魔《じゃま》なのよ…っ」

「痛ッ」

爪《つめ》で目元を引っ掻《か》かれ、一瞬《いっしゅん》視界が狭《せば》まる。無防備になった隙《すき》をつかれ、ドンと強く押された。だが、よろめいて転びそうになった体は、それ以上傾《かし》ぐことはなかった。

(あれ…?)

床《ゆか》に叩《たた》きつけられるのを覚悟《かくご》していたのに、何かが唯史の体を支えてくれている。何度か目を瞬《またた》いてはっきりしてきた視界には、レオナルドの顔が映っていた。

「大丈夫《だいじょうぶ》か?」

「あ……は、はい……」

小さく頷《うなず》いて見せると、レオナルドは唯史を立たせて自分の背中に庇《かば》うようにしながら、唯史を引っ掻いた女性を威圧《いあつ》する。

「……っ」

その瞬間《しゅんかん》、レオナルドの迫力《はくりょく》と圧倒《あっとう》的な存在感に近くにいたファンたちは水を打ったように静かになり、周囲の人々にも徐々《じょじょ》に空気が張り詰《つ》めていった。レオナルドをガードしていたスタッフにも緊張《きんちょう》が走る。

斜《なな》め後ろから見えるレオナルドの表情は、いつになく冷たかった。険しさはないけれど、怒《いか》

りを秘めているのがよくわかる。

（本気で怒ってる――）

もしも、これで機嫌《きげん》を損《そこ》ねて舞台挨拶《ぶたいあいさつ》が中止になってしまったら、映画公開前にケチがついてしまうことになる。それどころか、このあとのスケジュールも台なしだ。

だが、レオナルドはすぐに怒りのオーラを出していたことなどなかったかのように微笑《ほほえ》んだ。

「危ないよ」

その静かな声に会場中に張り詰めた緊張の糸がふっと緩んだ。熱が去ったそのタイミングでスタッフが声を張る。

「ご自分のお席にお戻り下さい！　このままですと舞台挨拶自体中止になってしまいます！　皆様、すぐにご自分のお席にお戻り下さい！」

さっきまでは云うことを聞こうとしなかったファンが、大人しく自分の座席へと戻っていく。

その光景に唯史が呆然《ぼうぜん》としていると、耳元で「ごめん」と苦い響《ひび》きで告げられた。

「え？」

はっとしてレオナルドのほうを向いたけれど、そのときにはもう彼はこちらに背中を向けてしまっていた。

（いまのって、助けてくれたんだよな…？）

役に立たなかった上に、守るべき存在に守られてしまうなんて情けないにも程がある。しかも、礼の言葉さえかけられなかった。

「皆様、ご自分の席へ戻られましたでしょうか？　プレスの方はステージ前へとお集まり下さい。これからフォトセッションを行いますので、申し訳ございませんが一般《いっぱん》のお客様はいましばらくお待ち下さい」

一人だけ立っているわけにもいかず、唯史も席に腰《こし》を下ろした。さっき痛みの走った目元に手の甲《こう》を押し当ててみたら、赤い色が滲《にじ》んで移った。涙《なみだ》を拭《ふ》いたハンカチで傷口を押さえると、少しひりつくように痛む。

（彼女の爪が目に当たらなくてよかったかも……）

もう少しずれていたら、取り返しのつかないことになっていたかもしれない。そう考えると、いまになって怖《こわ》くなった。

「あ……」

だから、レオナルドはあそこまでの怒りを見せたのだろうか？　ファンのマナーの悪さが気になったのなら、もっと前から不機嫌になっているはずだ。

もし、そうだったのだとしたら、ますます申し訳ない。わざわざ招待をしてくれたのに、迷《めい》惑《わく》をかけてしまったのだから。

あとできちんと謝罪しよう。そう思いながら顔を上げると、ちょうどステージの中央に立ったレオナルドにライトが当たった。

「改めてご紹介《しょうかい》させていただきます。主演のレオナルド・デュケインさんです！」

会場から大きな拍手が沸《わ》き上がったけれど、さっきのような悲鳴じみた歓声《かんせい》はなくほっとした。ステージの下に並んだ各マスコミのカメラマンたちが次々にシャッターを切る。中には海外からのプレスの姿も見受けられるのは、レオナルドへの注目の高さ故《ゆえ》だろう。

ここで撮《と》られた写真は雑誌やインターネットの記事をいくつも飾《かざ》るに違《ちが》いない。レオナルドも慣れたもので、フラッシュの眩《まぶ》しさに臆《おく》することなくレンズに笑顔《えがお》を向けている。

一通りの撮影《さつえい》がすんだ頃《ころ》、後ろに控《ひか》えていた司会者が歩み出た。

「デュケインさん、本日は遠くアメリカから足を運んでいただきありがとうございます。まずは会場の皆様《みなさま》に一言お願いします」

スタッフから差し出されたマイクを受け取り、レオナルドは日本語で挨拶《あいさつ》をする。

「どうも、レオナルド・デュケインだ。今日は日本のファンに会うことができて嬉《うれ》しいよ」

レオナルドの言葉に凄《すさ》まじい歓声が上がる。少し落ち着きを取り戻したかと思っていたけれど、やはり本人を前にしては興奮は抑《おさ》えきれないようだ。

「本日は通訳がいらないとのことで驚《おどろ》いてしまったんですけれども、本当に日本語がお上手ですね」

「母親が日本人だし、小さい頃は日本で育ったからな。十代の頃まではよく来ていたんだが、仕事が忙《いそが》しくなってからはなかなか時間が取れなくてね」

「では、『おかえりなさい』と云うべきかもしれませんね。久々に日本に帰ってきた印象はいかがですか？」

「そうだな、ますます便利になっていて驚いた。来日に合わせて休みを取ったから、この機会にあちこち見て回りたいと思ってるんだ」

「いま、観光にはいい季節ですものね。今回の作品でも、美しい景色《けしき》がストーリーを彩《いろど》っていましたが、撮影中に印象に残っている出来事などありますか？」

「ドキュメンタリータッチの撮影方法で撮られるのは初めてだったから、初めは少し戸惑《とまど》ったんだ。けど、すぐに気にならなくなった。演技に集中したら、戸惑ってる暇《ひま》はないからな」

「では、作品の見所や撮影中意識していたことなどありましたら教えて下さい」

「そうだな、今回の作品は過剰《かじょう》な演出を排除《はいじょ》することでそれぞれの演技が際立《きわだ》たせてあるんだ。そのぶん、演技をするにも神経を使ったし、表現も繊細《せんさい》になったと思う。いつもは大胆《だいたん》なアクションが売りだけど、今回は静かなシーンこそ注目してもらいたい」

レオナルドは映画への想《おも》いを淡々《たんたん》と、それでいて熱心に語る。あちこちでさざめいていたファンの声もすっかり聞こえなくなり、会場中が彼の声に聞き入っていた。

「映画の中でもラブロマンスが描《えが》かれていますが、好きな女性のタイプを訊《き》いてもよろしいですか？」

司会者のやや踏《ふ》み込んだ質問に、カメラのフラッシュがまた激しさを増す。だが、レオナルドのドは表情一つ変えずに答えた。

「情熱的な女性も素敵だけど、大和撫子《やまとなでしこ》に憧《あこが》れるね。日本人の謙虚《けんきょ》で控えめなところは美徳だろう？」

「そ、そうですね」

本音なのかさっき押し寄《よ》せてきたファンへの忠告なのかわからず、思わず苦笑《くしよう》してしまう。

司会者もどう受け答えればいいのか困っている様子だった。

「えー…では、会場の皆様から寄せられた質問にもお答えいただけますか？　映画からは少し離《はな》れた質問になってしまうんですが……」

「ああ、構わない」

「それでは、まずは一つ目——日本の食べ物では何がお好きですか？　もしくは日本にいる間に食べようと思っているものはありますか？」

控えめに告げられた質問は、本当に映画とは関係のないものだった。レオナルドのファンは映画に関したことよりは、彼のプライベートのほうが知りたいのだろう。

そんな質問にもレオナルドは気を悪くすることなく、気さくに答えている。

「肉じゃがかな。母の得意料理なんだ。いまは離れて暮らしていてなかなか食べられないから、日本で食べて帰りたいと思ってる」

「お母様の肉じゃが、きっと美味《おい》しいんでしょうね」

「ああ、日本一だね。でも、祖母が作ってくれるものが世界一だな」

レオナルドの軽口に会場が和《なご》やかな雰囲気《ふんいき》になる。レオナルドの反応を窺《うかが》っていた司会者も、肩《かた》の力が抜《ぬ》けたようだった。

雑誌のインタビューなどでは口が重いらしいレオナルドも今日はよく喋《しゃべ》っている。ファンを前にしているからか、それとも日本にいるせいでテンションが上がっているからか。

レオナルドに見つめられている司会者は、すっかり彼の虜《とりこ》になってしまっているようで登場してきたときよりも声のトーンが高くなってきている。

「では、次の質問です。多忙《たぼう》な毎日を送ってらっしゃるとは思いますが、休みの日は何をして過ごしてますか？」

「読書をしたり映画を見たりしてる。家でのんびりしてることが多いな——と云っても、こしばらくはそんな暇もなかったけど」

「でしたら、このあとのお休みは本当に貴重ですね。では、次の質問です。日本にいる間に一番したいことは何ですか？」

司会者の問いに、レオナルドは何故《なぜ》かちらりと唯史のほうを見てきた。すぐに視線を戻《もど》し、真顔で答えを口にする。

「——初恋《はつこい》の相手に会うこと」

「初恋の相手？　もしかして、日本にいた頃の…？」

観客はざわめき、好奇心《こうき》で司会者の目が輝《かがや》き出す。マスコミも色めき立ち、会場中が俄《にわか》に騒《さわ》がしくなった。噂《うわさ》を立てられることはあっても、レオナルド自身がロマンスを口にしたことは一度もないはずだ。

幼い頃の思い出とは云え、マスコミにとっては恋愛《れんあい》の話は格好のネタになる。レオナルドは彼らの期待に応《こた》え、その思い出を語り出した。

「ああ、二十年以上前のことだけど、小学生の頃に隣《となり》の家に住んでいる子のことが好きだったんだ。でも、そのときの俺は弱虫だったから伝えることができなくてね」

「まあ……」

「家庭の事情でアメリカに渡ることになってしまったんだが、その子には別れを告げることもできなかったから、そのときのことを謝りたくて」

憂《うれ》いを秘めた表情で告げるレオナルドに、司会の女性も会場の女性ファンも胸を打たれたようだった。

(……初恋の相手、か……)

レオナルドの言葉に、唯史はふと自分の過去を思い出した。

隣に住んでいた金髪《きんぱつ》の少年——彼のことを思い返すと、いまでも胸に苦いものが込み上げてくる。未《いま》だに恋心を引き摺《ず》っているつもりはないけれど、ある日突然《とつぜん》会えなくなったときのショックが少しトラウマになっているようだ。

云い寄るレオナルドを軽くあしらえないのは、『彼』のことを彷彿《ほうふつ》としてしまうせいかもしれない。華奢《きゃしゃ》で少女のようだった彼とレオナルドは似ても似つかないのだが、育ってきた背景や髪《かみ》や瞳《ひとみ》の色が似ているせいで、記憶《きおく》の呼び水になってしまうのだ。

（二十年以上前のことなんて、いい加減忘れないとな）

嫌《いや》な思い出と重ね合わせて自社の大事なゲストに苦手意識を持つのはよくない。唯史は暗示をかけるように、何度も心の中で自分に云い聞かせた。

登場時の騒ぎなどなかったかのように、舞台挨拶《ぶたいあいさつ》はつつがなく終わった。レオナルドが会場を出る一瞬《いっしゅん》を見る場所を確保するためか急いで席を立つものもいれば、夢心地《ゆめごこち》のままその場を動けずにいるものもいる。

（さて、俺も会社に戻るか）

もうそろそろ終業時間ではあるけれど、早めにすませておきたい作業もある。頭の中で仕事の算段をしながら混雑が落ち着くのを待っていると、唯史の耳に聞き慣れない電子音が聞こえてきた。携帯電話《けいたいでんわ》の着信音のようなのだが、誰《だれ》も出る気配がない。

（携帯だよな？　早く出りゃいいのに……って俺か⁉）

音の出所は唯史のカバンの中だった。聞き慣れなかったのは、今朝レオナルドから預かった携帯電話の音だったからだ。早速《さっそく》かけてくるとは思いもしなかった。いつまでも放っておくわけにもいかず、慌《あわ》てて取り出して会場の隅《すみ》に寄って通話をオンにする。

「も、もしもし」

『唯史か？　いまどこにいる？』

「まだ会場の中ですけど……」

『ちょうどよかった。しばらくそこで待っててくれ。そうだな、ステージの脇《わき》にいてくれ』

「は？」

レオナルドの意図がわからず首を傾《かし》げる。

『悪いが、頼《たの》みがあるんだ』

「え、頼みですか？」

突然の申し出に面食《めんく》らう唯史に、レオナルドは一方的に告げてくる。

『車の運転はできるよな？　会場の裏口を出たところに車を用意してあるから、運転席で待っててくれ』

「車ってどういう――……って、一方的に切るなよ！」

理由を聞く間もなく、電話は切られてしまった。

（だいたい、裏口なんてどこにあるんだよ……）

困り果てていると黒いスーツを着た女性が唯史にさりげなく近寄ってきた。スタッフ証を首から下げているということは、彼女はおそらく配給会社の関係者なのだろう。

「すみません、小田桐さんですよね？」

「あ、はい」

「申し訳ありませんが、私についてきてもらえますか？」

関係者用のドアから会場をあとにし、足早にどこかへと案内される。狭《せま》い廊下《ろうか》を進みながら、唯史は彼女に疑問をぶつけた。

「あの、詳《くわ》しい話を聞いていないんです。どういうことですか？」

「見つからないようデュケイン氏を会場から出したいので協力して欲しいんです。私どもですと、もう顔が知られてしまっていて、下手《へた》をするとあとをつけられてしまいかねないので……」

「私のことはデュケイン氏から？」

「ええ、気心の知れた友人だと聞いています。ご迷惑《めいわく》をおかけしますが、どうかご協力下さい」

「……そうですか……」

いったい、いつの間に自分たちは友人になったのだろう？

TAKASHINOとの契約《けいやく》はまだ大っぴらに他言はできないことだけれど、もう少し違《ちが》うごまかしかたがあったのではないだろうか。

「──それで、私は何をすれば？」

気を取り直して詳しく聞いてみると、レオナルドを乗せた国産の普通車《ふつう》を出すその前後に窓にスモークのかかったダミーの高級車を出して、マスコミやファンの注意を引きつけるという計画らしい。

通常は同じようなダミーの車を出すと思われているだろうから、きっと簡単に引っかかってくれるだろうとのことだった。

さっきのファンの反応を考えると、確かにそのくらいの用心はしたほうがいいだろうし、海外からのプレスも来ていたということは、いわゆるパパラッチも外で待ち構えている可能性がある。

(まあ、少しくらいは役に立ちたいしな)

しかも、さっきはレオナルドを庇《かば》おうとして逆に自分が庇われてしまい、迷惑をかけることになってしまった。汚名《おめい》返上とはいかないけれど、協力できることがあれば手を貸したい。

「そういうことですか。わかりました、私でよろしければご協力します」

「これが車のキーです。ここを出てすぐ右にクリーム色の車が停《と》まってますので、そちらで待っていて下さい」

「はい。あ、あの、もし、あとをつけられたらどうすればいいですか？」

どんなに用心しても万が一ということはある。最後まで細心の注意を払《はら》うべきだ。

「その場合もとりあえずはそのまま滞在先のホテルへ向かって下さい。ホテル側にも話を通してありますので、VIP専用の駐車場《ちゆうしや》に案内してくれるはずです。もし、マスコミやファンがついてきてしまった場合は頃合《ころあ》いを見て、予備で取ってあるホテルに移動しますので。詳しいことはデュケイン氏から聞いて下さい」

「わかりました」

周囲を警戒《けいかい》しながら指示通り裏口から出ると、ドアのすぐ近くにクリーム色のミニバンが停まっていた。

「え…本当にこの車なのか……？」

まさかとは思ったけれど、ワイヤレスキーのボタンを押してみるとその車のドアが開く。

（そりゃ、これならバレないだろうけどさ……）

ハリウッドスターをこんな車に乗せてもいいのだろうか。普通車のほうがバレにくいとは云《い》え、いくらなんでも普通すぎる気がする。

不安に思いながら運転席で待機していると、しばらくして裏口からレオナルドが一人で出てきた。そして、唯史の顔を見るなり嬉《うれ》しそうに微笑《ほほえ》み、当たり前のように助手席に乗り込んでくる。

「お待たせ。無理云って悪かったな」

「いえ……あの、後ろの席じゃなくていいんですか?」

姿を隠《かく》すなら後部座席のほうが向いていると思うのだが、レオナルドはさっさとドアにロックをかけ、シートベルトも締《し》めてしまう。

「座席を倒《たお》しておけば問題ない。いいから早く出せ」

「え、でも、他《ほか》の方は…?」

唯史が運転するにしても、配給会社のスタッフも一人くらいは、同乗すべきではないのだろうか。せめて、マネージャーくらいはレオナルドの傍《そば》についているべきだろう。

「これに乗るのは俺と唯史だけだ。行き先はそこにセットしてあるから」

レオナルドはカーナビを指さすと、リクライニングシートを倒し、顔の上にジャケットを載《の》せてしまう。

「マネージャーの方たちはあとから来られるんですよね?」

「ああ、やることやったら戻《もど》ってくるだろ」

「はあ……」

これ以上何を云っても無駄《むだ》だと判断し、エンジンをかけた。

ドキドキしながら地下駐車場から車を出したけれど、日が暮れかかっていたせいもあり、マスコミやファンがレオナルドに気づくことはなく、拍子抜《ひょうしぬ》けするくらいあっさりと通過できてしまう。

緊張《きんちょう》に強張っていた肩《かた》から力を抜《ぬ》き、レオナルドに声をかける。

「もうシートを起こしても大丈夫《だいじょうぶ》ですよ」

「誰もついてきてないか？」

「大丈夫だと思います。でも、念のため帽子《ぼうし》は被《かぶ》っておいて下さいね」

「わかってるよ」

レオナルドは新しいサングラスをかけ、変装用の帽子を被った。顔立ちの端整《たんせい》さは少しも隠しきれていないけれど、金髪《きんぱつ》が見えなくなるだけでずいぶんと印象が変わる。

唯史は、信号で停まったときに、ちらりと横目でレオナルドのほうを窺《うかが》い見た。さっき見ていた映画のスクリーンの中にいた人物が、自分の運転する車の助手席にいるのだと思うと改めて不思議な気分になる。

まったく同じ顔なのだが、同一人物だという感じがしない。それが彼の演技力の賜物《たまもの》なのか、元々の性格のせいなのかはわからないけれど。

「……今日はすまなかったな」

「えっ？」

車を発進させた瞬間《しゅんかん》、いきなり謝られて心臓が大きく跳《は》ねた。

（いま、見てたのは気づかれてないよな？）

動揺《どうよう》を押し隠していると、レオナルドが心配そうに唯史の顔に指先を伸《の》ばしてくる。頬《ほお》の上のほうを指の背で撫《な》でられ、顔を爪《つめ》で引っ掻《か》かれたことを思い出した。

「傷、痛むだろう?」

その声音《こわね》から、レオナルドが自分を強く責めていることがわかった。

怪我《けが》をすることになったのは唯史の不注意のせいもあるし、レオナルドを守りきれなかったのも自身の力不足が否《いな》めない。

レオナルドが気に病む必要はないのだと伝えたくて、努めて明るく返した。

「ああ、これですか。別に大したことはありません。放っておけばすぐ治りますよ。――私のほうこそ、役に立たなくてすみませんでした」

「君はゲストとして招いたんだ。あんな騒《さわ》ぎに巻き込んでしまったのは俺の責任だ、本当にすまん」

「あなたを前にして、彼女たちも興奮してしまったんでしょうね。でも、いつもああしてファンに接してるんですか?」

「俺たちみたいな仕事はファンがいてこそだからな、できるだけ近くで触《ふ》れ合いたいんだ」

だから、気さくに握手《あくしゅ》に応じたり、サインを引き受けたりしていたのだろう。日本ではああいうサプライズ的なファンサービスをする俳優はあまりいない気がする。

「けど、さすがに今日は困った。日本のファンはとくに礼儀《れいぎ》正しいから騒ぎにはならないだろうと思っていたんだが……」

「確かに、あんなふうになるのは珍《めずら》しい気がしますね」

いくら熱烈《ねつれつ》と云っても、俳優本人の私物を奪《うば》おうとしたり、髪《かみ》を引き抜こうとしたりするのはやり過ぎだ。最低限のマナーも守れない一部に煽《あお》られ、他のファンも歯止めが利《き》かなくなってしまったのだろう。

「あんなことになるとわかってたら、スタッフの忠告を素直《すなお》に聞いておくんだったと反省している。君を含《ふく》めて、大勢を危険に晒《さら》してしまった」

「仕方ないですよ、あそこまで混乱するなんて誰も予想できなかったんですから」

気落ちするレオナルドに対してそう言葉をかけると、返ってきた声が少しだけ明るかった。

「慰《なぐさ》めてくれてるのか？」

「……っ、じ、事実を云ったまでです」

意外そうに云われ、微《かす》かに頬が熱くなる。

(な、何を俺はムキになってるんだ)

一部のファンのマナーの悪さに腹を立てていようがあれこれと口を挟《はさ》むことではないし、レオナルドが落ち込もうが唯史には関係のないことだ。

「それより、映画はどうだった？」

「へ？　あ、ええと――」

自分にあれこれと云い訳をしていたら、不意に感想を訊《たず》ねられた。唯史の動揺を見て、話題を変えてくれたのだろうか？

「お世辞はいい。率直《そっちょく》な感想を聞かせてくれ」

そう云われ、思わず泣いてしまったことを思い出したが、意識すれば逆に怪《あや》しまれるだけだ。

(別に見られてたわけじゃないんだから、気にしないほうがいいよな)

唯史は言葉を選び、感じたことを素直に告げる。

「……面白《おもしろ》かったです。キャラクターがリアルで感情移入しやすかったですし、先の展開も読めなかったので最後まで目が離《はな》せませんでした」

「俺の演技はどうだった？」

「ああいう役もできるんだと正直驚《おどろ》きました。弱いところや狡《ずる》いところも赤裸々《せきらら》に見せているはずなのにどこか憎《にく》めない感じで……その、すごくよかったです」

レオナルドの役作りに関しては資料で読んだことと昨晩見たＤＶＤからの印象だけだが、実力派と云われるだけあって本当に完成度が高い。

「君にそう云ってもらえると嬉しいよ。泣くほど感動してくれてたみたいだしな」

「なっ……見てたんですか!?」

レオナルドの言葉にぎょっとする。会場にいなかったはずのレオナルドが、何故《なぜ》そのことを知っているのだ。

「観客の反応は気になるからね。試写会では、いつも袖《そで》で観客席を見てるんだ」

後ろの入り口から現れたから、見られていないだろうと思っていたのに油断した。狼狽《うろた》えているのがバレないようにと表情を引き締めはするが、頬が熱くなっていくのは抑《おさ》えきれない。

「も、もらい泣きしただけです」

「へえ？　だが、君の周りは誰《だれ》も泣いていなかったと思うが？」

ごまかしも通用せず、唯史は気恥《きは》ずかしさに押し黙《だま》る。

「感受性の豊かさを恥《は》じることはない。そういう謙虚《けんきょ》なところも魅力《みりょく》的だ」

「あ、あの、ホテルに着きましたよ！　車はどこから入ればいいんですか？」

照れ隠《かく》しにわざと言葉を遮《さえぎ》るように告げると、レオナルドは堪《こら》えきれないといった様子でくすくすと笑う。

「駐車場《ちゅうしゃ》の入り口まで行けば、案内してくれるはずだ」

「わかりました」

レオナルドに云《い》われた通り駐車場へ入ると、事情を心得たホテルスタッフが誘導《ゆうどう》してくれた。そして、エグゼクティブフロア直通のエレベーターへと案内してくれる。

ここで引き返しても問題はないだろうが、念のためと思い、部屋までついていくことにした。

「私はこれで失礼します」

唯史はスイートルームの前で立ち止まり、頭を下げる。

もう、レオナルドについていなくても大丈夫だろう。さっき、エレベーターの中でマネージャーに、無事ホテルに着いたことを報告していたし、この部屋の中に不審人物《ふしん》が隠れている可能性は考えにくい。

そう思ってのことだったが、レオナルドは不満げに眉《まゆ》を顰《ひそ》めた。

「ここまで来ておいて帰るのか？　コーヒーくらい飲んでいけ」

「いえ、まだ仕事が残っていますので……」

「コーヒー一杯《いっぱい》飲む時間もないのか？」

あまり固辞するのも失礼にあたる気がしたけれど、何となくレオナルドとホテルの一室で二人きりになりたくない。

それこそ、意識しすぎていると云われるかもしれないが、好意を受け入れる気がないのなら、それらしいシチュエーションになるのも避《さ》けるべきだと思うのだ。

断る口実を考えていたら、レオナルドが小さく笑った。

「そんなに怯《おび》えなくてもいい。取って食うわけじゃないんだから」

「わかりました。コーヒーを一杯だけでしたら」

「よかった、君の傷の手当てもしたかったんだ。消毒しておかないと化膿《かのう》するかもしれないからな」

「あ……すみません……」

レオナルドは唯史の顔についた傷のことを気にしてくれていたようだ。

おいでと云って招き入れられた室内は、充分《じゅうぶん》きらびやかだった廊下《ろうか》以上にすごかった。最高級のスイートルームなのだからそれも当然だが、写真や映像で見るのと実際に目にするとでは迫力《はくりょく》が違《ちが》う。

備えつけてある家具やインテリアはシンプルなデザインばかりなのだが、そのどれもが上質なものだ。スタイルは洋風でも、各所に和の要素が取り入れられている。

キッチンもついているらしく、このままここで生活を始めても何の不便もなさそうなくらいだ。滞在費《たいざいひ》がいくらになるのか、一介《いっかい》のサラリーマンである唯史には見当もつかない。

「そこに座ってろ。いま、救急箱を持ってくる」

あちこちに視線を巡《めぐ》らせていた唯史にそう声をかけ、レオナルドは他《ほか》の部屋へと消えた。

おずおずと腰《こし》を下ろしたソファはふかふかで、少し離れた位置には家庭用とは思えないほどの大きさのテレビが置いてある。オーディオ関連の機材も一通り揃《そろ》っているようだ。

隣《となり》の部屋に見えるのはミニバーだろうか？　カウンターの後ろの棚《たな》には、様々な形のアルコールの瓶《びん》が並べられている。

興味津々《きょうみしんしん》で室内を眺《なが》めていたら、救急箱を手にレオナルドが戻《もど》ってきた。部屋に備えつけてあるものなのだろうか？

「すまん、待たせたな」

レオナルドは唯史の隣に腰を下ろし、救急箱の中から消毒薬や個別にパッケージされた綿棒を取り出す。

「あの、あとは自分でやりますから……」

やはり彼に手当てさせるのはどうかと思い、唯史はおずおずと申し出た。

「いいから大人《おとな》しくしてろ。傷に染《し》みるかもしれないが、我慢《がまん》しろよ」

「子供じゃないんですから平気ですよ……いっ」

消毒液に浸《ひた》した綿棒が傷に触《ふ》れた瞬間《しゅんかん》、つい顔を顰《しか》めてしまう。引っ掻《か》き傷《きず》ができたのも消毒してもらうのも久しぶりのことで、何だか懐《なつ》かしい気分になる。

（ガキの頃《ころ》はよくケンカしてたもんな）

よく摑《つか》み合いで泥《どろ》だらけになって帰っては、母親に怒《おこ》られながら手当てをしてもらったものだ。そのケンカは主にいじめられた幼馴染《おさななじ》みの仕返しのためだった。

「血も止まってるみたいだから、消毒だけでいいよな。こんなところに絆創膏《ばんそうこう》を貼《は》ったら、綺《き》麗《れい》な顔が台なしだ」

「綺麗って……それはあなたみたいな人の顔のことを云うんですよ。日本語の使い方を間違《まちが》えてませんか？」

「俺の顔が綺麗だと思うんだ？　それは光栄だな」

「い、一般《いっぱん》的な意見です！」

堂々としていればいいのに、思わず云い訳してしまった。

（これじゃ、まるで意識してるみたいじゃないか……っ）

レオナルドの顔を見ていられずに顔を背《そむ》けると、その動作を追いかけるようにして顔を覗《のぞ》き込まれる。

「俺の顔のどこが綺麗だと思うんだ？　一般的な意見で構わないから教えてくれ」

「そんなこと俺に訊《き》かないで下さい！」

「賞を取ってから、周りはお世辞ばかり云うようになって、何が正しい評価なのかわからなくなってしまってね……君なら忌憚《きたん》のない意見を云ってくれると思ったんだが……」

「う……」

がっかりとした表情をされ、胸が痛む。相手は実力派俳優だ。演技だと思おうとしても、もの悲しそうな眼差《まなざ》しには抗《あらが》えなかった。

「い…一般的な意見でよろしければ……」

「もちろん、それで構わない」

これも仕事だと割り切り、唯史の言葉を待つレオナルドの顔を見つめ返す。

全体的な造作も完璧《かんぺき》だが、それぞれのパーツも素晴《すば》らしい。灰色がかった薄茶《うすちゃ》の瞳《ひとみ》は、光の当たる角度によって色が変わる。それを縁取《ふちど》る睫毛《まつげ》も長く、眉の形も完璧だ。響《ひび》きのいい低音を紡《つむ》ぎ出す唇《くちびる》はやや厚めで、キスも上手《うま》い——。

「……って、何で近くなってるんですか！」

「残念、バレたか」

その端整《たんせい》な顔に見入っている隙《すき》に、レオナルドはさりげなく顔を近づけてきていた。もう少しで唇がぶつかるというところで我に返った唯史は、慌《あわ》てて体を退《ひ》く。

「人をからかってるんですか!?」

「からかったわけじゃない。下心があっただけだ」

「なっ……！」

「そうだ、コーヒーを出すって云ったよな。いま持ってくる」

逃《に》げるようにして席を立ったレオナルドは、キッチンのほうへと行ってしまった。

(まったく……どこまで本気なんだか……)

危機が去ったことにほっとしつつ、どっと疲《つか》れを感じて肩《かた》を落とす。

レオナルドの言葉や行動がジョークを含《ふく》んでいるのだとしたら、頑《かたく》なになっているのも意識しすぎな気もするし、本気なのだとしたらそれなりにきちんとした態度を取る必要がある。

生真面目《きまじめ》で冗談《じょうだん》を云うような性格ではないと資料に書かれていたけれど、日本人とアメリカ人とでは感覚が違う。

（れ、冷静に考えてみるんだ）

レオナルドが自分のことを気に入ってくれているのは確かだろう。そうでなければ、ホテルの部屋に招き入れたりはしないはずだ。

試写会の席だって無理をして用意することはないだろうし、何より携帯電話《けいたいでんわ》をプレゼントしようとも思わないだろう。

いまをときめくハリウッドスターがただの厚意でそこまでのことをするとは考えられない。となると、やはり――。

「……本気、なのか……？」

考えれば考えるほど、からかわれているだけだとは思えなくなっていく。いっそ、全《すべ》てが『冗談』であったほうが、どんなに気が楽か。

「何を考えてる？」

「――え？　な…っ」

考えごとをしているうちに、レオナルドが戻ってきていたらしい。はっとして顔を上げると、眉間《みけん》を人差し指でつつかれた。

「そんなところに皺《しわ》を寄せてため息なんかついてたら、綺麗な顔が台なしだ」

「……っ」

「冷めないうちに飲めよ。味は悪くないと思うんだが」

目の前に置かれたコーヒーからは香《こう》ばしい匂《にお》いが立ち上り、脇《わき》にはたっぷりと入ったミルクポットとシュガーポットも添《そ》えられていた。

「あ…ありがとうございます……」

淹《い》れてもらったコーヒーにそのまま口をつけると、何故《なぜ》か不思議そうに訊《たず》ねられた。

「砂糖とミルクは入れないのか？」

「え？　ええ。それが何か……」

カフェオレにして飲んでいたのなんて、十代の頃までのことだ。コーヒーは普段《ふだん》からブラックで飲んでいるのだが、甘党だとでも思われたのだろうか？

「そうか、君ももう大人だったな」

レオナルドは苦笑《くしょう》を浮《う》かべながら、不可解な独り言を云《い》った。

（どういう意味だ…？）

首を傾《かし》げていると、隣に腰を下ろしてさらに問いかけてくる。

「甘いものが嫌《きら》いになったのか？」

「いえ、嫌いでは――」

答えを口にしかけて、ふとレオナルドの云い方が少し気になった。

（「嫌いになった」って、まるで昔のことを知っているみたいな云い方だな……。まあ、ただの云い間違いだろうけど）

いくら日本語が堪能《たんのう》とは云え、普段から使ってなければ言葉遣《ことばづか》いが怪《あや》しくなっても仕方ないだろう。

「なら、いまは何が好きなんだ?」

隣《となり》に座ったレオナルドはじりじりと距離《きょり》を縮めてきた。唯史は近づかれたのと同じだけ離《はな》れながら云い返す。

「そんなことを訊いてどうするんですか」

「唯史のことなら何でも知りたい。好きな相手のことなら、そう思うのは当たり前だろう?」

「すっ……」

芝居《しばい》がかった流し目を向けられ、ドキリと心臓が大きく跳《は》ねた。

(おい、いまのドキッてなんだ、ドキッて!!)

自分の無意識の反応に動揺《どうよう》し、思わず視線を泳がせる。

好きでもない相手に一瞬《いっしゅん》でもときめくなんてありえない。いまのは条件反射のようなものであって、とくに深い意味はないはずだ。

相手はハリウッドスターなのだ。好みのタイプではないにしろ、芸術品のように整った顔を近づけられれば誰だって緊張《きんちょう》するに決まってる。

「それに、俺のことばかり知られてるのは不公平だ」

「ふ、不公平って云われても、俺はあなたのことよく知りませんけど」

唯史がソファの上でさりげなく体を移動させて離れると、レオナルドもまた距離を詰《つ》めてくる。だが、座っているのがいくら大きなソファでも終わりはある。肘掛《ひじか》けにぶつかってしまい、唯史は逃げ場を失った。

「もう色々と知ってるだろう。好きな食べ物とか、休みの日をどう過ごしてるかとか」

「それは――――」

舞台挨拶《ぶたいあいさつ》のときに訊かれていた質問だ。唯史だけではなく、あの場にいた全員が知り得たことを引き合いに出して不公平だと云われても困る。

だが、逆に考えれば、教えるのはあの程度のことで構わないということだ。

「好きな食べ物はカレーで、休みの日は一日寝《ね》てます」

レオナルドが答えていたのと同じ項目《こうもく》を挙げていくと、心の中まで見透《みす》かされてしまいそうなほどまっすぐで強い眼差《まなざ》しを向けられた。

「な、何ですか？」

「じゃあ、初恋《はつこい》は？」

「……っ！　そ、そんなの覚えてません！」

不意打ちの質問につい声を荒《あら》らげてしまう。いくら思い出したくない過去だからと、こんないかにも隠《かく》しごとがあると云わんばかりの態度を取ったら、ごまかす意味がないではないか。

案の定、レオナルドはなおも追及《ついきゅう》してくる。

「本当に忘れたのか?」

「すみません、小さいときのことですから」

視線を合わせないようにしながら、きっぱりと云う。だが、揚げ足を取られて問い返されてしまった。

「へえ、相手は忘れたのに、初恋がいつだったかは覚えてるのか？」

「う……」

唯史が声を詰まらせると、レオナルドはくすりと小さく笑った。

「云いたくないなら云わなくていい。……俺が好きだったのは、気が強くて、人が困ってると放っておけない優《やさ》しい人だった」

「そ、そうですか」

「色が白くて笑顔《えがお》のかわいい子だったな——そう、君みたいな」

「……っ」

レオナルドの腕《うで》が伸《の》びてきたかと思うと、肩を抱《だ》き寄《よ》せられる。吐息《といき》がかかる距離で見つめられ、視線すら外せない。

「と…取って食うわけじゃないって云ってたじゃないですか…！」

唯史はレオナルドの体を渾身《こんしん》の力で押し返しながら文句を云う。

「信じてたのか？　ホテルの部屋までのこのこついてきて、俺が契約《けいやく》を盾《たて》にとって体を要求したらどうするつもりだったんだ？」

「そういう卑怯《ひきょう》な方だとは思ってませんから」

それなりに警戒《けいかい》はしていたけれど、それでも大人《おとな》しく部屋に足を踏《ふ》み入れたのは、レオナルドを信じていたからだ。

「なるほど。俺を信用しているのか牽制《けんせい》してるのかわからないが、そう云われたら下手《へた》なことはできないな」

唯史の言葉に、レオナルドは快活な笑い声を上げた。

「は、放して下さい」

「俺が誘《さそ》ってベッドに来ないのは君が初めてだ。一度くらい試してみようと思わないのか？　ハリウッドスターと寝る機会なんてそうないだろう？」

「思いません」

「映画の中と同じで無骨で乱暴な男だと思っているなら心配ない。最高に優しくしてやる」

「遠慮《えんりょ》します」

はっきりと断っても、レオナルドは一向に諦《あきら》めようとしない。どう云ったら納得《なっとく》してくれるのかと頭を抱《かか》える。

「何が不満なんだ？　裸《はだか》になるのが嫌《いや》なら服を着たままでも構わないが」

「だから！　俺はタチだっつってんだろ！」

唯史はとうとう業を煮《に》やし、怒鳴《どな》ってしまった。それでも、レオナルドは唯史の言葉に対して無邪気《むじゃき》に質問を投げかけてくる。

「昨日の昼も気になってたんだが、『タチ』とは何だ?」

「は?」

「いくら考えても、どういう意味かわからないんだ」

「……あんたみたいな男のことだよ」

ここでごまかしても仕方ないと思い、素直《すなお》に答える。いまさら敬語を使うのも面倒《めんどう》になり、取り繕《つくろ》うのもやめた。口説かれるのは仕事の範疇《はんちゅう》じゃない。

「俺? いい男ということか?」

真顔で返された言葉にガックリくる。これはボケているわけではなく、本気でそう思っているのだろう。

(そういうことを自分で云うな……)

唯史は呆《あき》れながらも、仕方なく説明する。

「あー…つまり、男を抱くのが好きな男のことだ」

「ゲイとは違《ちが》うのか?」

「突《つ》っ込むほうだってこと!」

言葉を取り繕うのも面倒になってしまい、明け透《す》けに告げる。すると、レオナルドは腕を組んで考え込んでしまった。

これで考え直してくれるかと思いきや、見当違《ちが》いなことを云い出した。

「なるほど。つまり、君は俺に抱かれるよりは抱きたいと思ってるということか。それは困ったな……」

「誰がそんなこと云《い》った！」

「違うのか？」

憤《いきどお》る唯史に、レオナルドはきょとんとした顔をしている。

（ああもう…っ）

ただ苛立《いらだ》ちをぶつけても話は進まないと思い、唯史は必死に自分を落ち着かせる。そして、レオナルドにも子供に云い聞かせるように告げた。

「あのな、俺の好みは細身で黒髪《くろかみ》の男だって云っただろう。間違ってもあんたみたいなタイプじゃない」

「外見で人を判断するのはよくないな。何事も試してみたほうがいい」

「余計なお世話だ」

一文字一文字区切りながら云い返す。

「君は一目惚《ひとめぼ》れはあり得ないって思ってる？」

「それは――」

問いかけに唯史は言葉を詰まらせた。一目惚れの恋《こい》が玉砕《ぎょくさい》したばかりの唯史に、その問いを否定することはできなかった。

「俺は自分の直感を信じる。俺の人を見る目は確かだ」

そう云い切られてしまえば、反論することなどできない。唯史が困って黙《だま》り込んでいると、レオナルドはおもむろに立ち上がり、外出の準備を始めた。

「仕方がない。君が相手をしてくれないというなら、代わりを見つけてこよう。新宿の『二丁目』というところに行けば、遊べるんだろう？」

「ちょっ、何考えてるんだ！　そんなところに行ったら、それこそパパラッチの餌食《えじき》に…っ」

いったい、何のために策を弄《ろう》して試写会場をあとにしてきたと思っているのか。

「それなら、君が代わりを探してきてくれるか？　さすがに一月も不自由するのは辛《つら》いからな」

「う……」

「どうする？　俺は別にどっちでもいいんだが」

そう嘯《うそぶ》くレオナルドに歯噛《はが》みする。

（くそ、脅《おど》してるようなもんじゃねぇか……）

唯史はいま、決断を迫《せま》られていた。

レオナルドがスキャンダルに巻き込まれることによって、ゲームの企画《きかく》に悪影響《あくえいきょう》が出るのは何としてでも避《さ》けたい。

ここで「勝手にしろ」と云えたらどんなにか気が楽だっただろう。

それなりに遊んできた唯史にとって、好意を抱かない相手との行為《こうい》にそこまで抵抗《ていこう》があるわけではない。

お互《たが》いに割り切って性欲処理として体を重ねたことは何度もある。ただ、どうしても自分が抱かれるほうになるのだけは苦手だった。

若気の至りで試そうとしたことはあるのだが、そのときは相手も慣れていなかったせいもあって上手《うま》くいかなかったのだ。

痛いばかりで少しも気持ちよくなかった上に、しばらくは椅子《いす》に座るのさえ辛かった。

基本的に受け入れることに、適性がなかったのだろう。それにやはり、抱かれるよりは抱きたいという欲求のほうが強いし、抱かれたいと思っている男は少なくないのだから無理にネコをやる必要もない。

(……まあ、ちょっとくらいなら……。とにかく、突っ込まれなきゃいいわけだし)

手や口を使って相手を高めるだけなら、どうってことはない。そう頭の中で、自分に云い聞かせるように繰《く》り返す。

「いつまでも返事は待ってられないぞ。夜には限りがあるんだからな」

じっと見つめてくるレオナルドに、口調を丁寧《ていねい》なものに戻《もど》して告げる。

「――わかりました。相手はします。ただし、最後までするつもりはありませんから」

「最後までというと、挿入《そうにゅう》はなしってことか？」

「して欲しいんでしたら考慮《こうりょ》します」

これで諦めてくれればと思ってはったりをかます。きっと、レオナルドも抱《だ》かれる立場になるのは遠慮したいタイプだろうと思ったのだが、意外にも軽く受け流してきた。

「そうだな、そのへんは気分次第《しだい》だな」

「え…っ」

平然と告げられた予想外な返事に息を呑《の》む。気分次第ということは、自分が抱かれてもいいということだろうか？

突拍子《とっぴょうし》もない展開に、駆《か》け引きをする余裕《よゆう》さえない。唯史にはレオナルドがいま何を考えているか、さっぱりわからなかった。

たとえ聞いたところで理解できるかどうかもわからないけれど。

「シャワーはどうする？」

「……浴びてきます」

「わかった。俺は寝室《しんしつ》で待っていよう」

すんなりとバスルームに送り出された唯史は、廊下《ろうか》へと続くドアに視線をやった。ここから出ていけば、今夜待ち受けている全《すべ》てのことから逃《のが》れられる。

（いまのうちに逃《に》げ……たら、やっぱりまずいよな……）

心に生まれた迷いを、唯史は咄嗟《とっさ》に否定した。

そんなことをしてレオナルドの機嫌《きげん》を損《そこ》ねたら契約《けいやく》を破棄《はき》されるかもしれないし、そうしたら会社のみんなに迷惑《めいわく》がかかってしまう。

この期《ご》に及《およ》んで怖《お》じ気《け》づくなんて、男らしくない。

「くそ……っ」

躊躇《ためら》いを捨て去るために、脱衣《だつい》所に入り、乱暴な手つきでスーツを脱《ぬ》いでいく。

ベッドの上では難しく考える必要はない。

いままでの相手と同じようにすればいい――唯史はシャワーを浴びている間、そう自分に何度も云い聞かせ続けた。

「――よし」

ようやく覚悟《かくご》を決めてバスルームをあとにする。

高鳴る心臓を白いバスローブの上から押さえながら寝室に行くと、もう一つのシャワーブースで体を流したらしくレオナルドが自分と同じような格好で待っていた。

グラスを片手に窓の外を眺めている姿が嫌みなほどカッコよく、同性として軽い嫉妬を覚えてしまう。ただ、気になったのはその表情だ。

さっきの強引《ごういん》さからは信じられないほど物憂《ものう》げで、人前にいるときに纏《まと》っているオーラがいまはない。

(何で、あんな淋《さび》しそうな顔してるんだ…?)

いままで見てきた自信に満ち溢《あふ》れたレオナルドとは、まるで別人だ。唯史をベッドへ誘《さそ》ったことを後悔《こうかい》でもしているのだろうか?

しかし、そうだとしたらあんな格好で待っているはずがない。

人の心の中のことなど、いくら考えたってわかるわけがない。唯史はそう割り切り、部屋のドアを後ろ手で閉めながらレオナルドに声をかけた。

「お待たせしました」

唯史の声に、レオナルドは憂《うれ》いのある表情を消して振《ふ》り返った。そして、不安そうにしていたなんてなかったことのように、余裕のある笑顔を向けてくる。

「ずいぶんゆっくりだったな」

「す、すみません」

謝る声も緊張《きんちょう》で上擦《うわず》ってしまう。

「逃げようとは思わなかった?」

「に、逃げるほどのことでもありませんから」

図星を指されたことが悔《くや》しくて返してしまう。

「じゃあ、俺のために念入りに体を磨《みが》いてきてくれたんだ？」

「……っ」

違《ちが》うともそうだとも云《い》えずに、またもや言葉に詰《つ》まる。

(何でこいつの前だと調子が狂《くる》うんだ？)

レオナルドとの行為は体だけの関係だからと割りきったはずなのに、どうにも落ち着かない。

「おいで。いつまでそんなところに立ってるつもりなんだ？」

「……はい」

ゆっくりと歩み寄り、ベッドの縁《ふち》に腰《こし》を下ろす。肩《かた》を抱き寄《よ》せられ、唇《くちびる》が触《ふ》れそうになった瞬間《しゅんかん》、反射的に顔を背《そむ》けてしまった。

「キスもさせてくれないのか？」

「べ、別に必要ないでしょう」

性欲処理のための行為なのだから、唇を合わせる必要はどこにもない。――というより、キス一つで腰が抜《ぬ》けそうになった昨日の一件を考えて、できることなら避けたいというのが本音だった。

「必要なくても、嫌《きら》いじゃないだろう」

「誰がっ……ん、んんん」

反論しようとした口をキスで塞《ふさ》がれる。反射的に突《つ》き飛ばそうとしたけれど、強い力で押さえられて思うようにはいかず、それどころか口づけを深くされてしまった。

強引に入り込んできた熱い舌が、唯史のそれに絡《から》みついてくる。レオナルドの今日のキスは、ブランデーの味がした。

「はっ……ぅん……」

口腔《こうこう》を舐《な》め回されると、ずくりと腰の奥が熱く疼《うず》く。誘い出されるようにして搦《から》め捕《と》られた舌先を強く吸い上げられ、頭の芯《しん》が甘く痺《しび》れた。

(くそ、やっぱり手慣れてやがる……)

いったい、どれほど経験を積んだのだろう？　レオナルドのキスは文字通り蕩《とろ》けてしまいそうなほどの上手さだった。

だが、翻弄《ほんろう》されるばかりでは主導権は取れない。唯史は覚悟を決め、自分からも舌を絡ませていく。

「ン、ふ……っ」

口腔を舌でまさぐられながら、スプリングのきいたベッドへ押し倒《たお》された。バスローブの裾《すそ》から入り込んできた手が太腿《ふともも》を撫《な》でてくる。

足を撫でられることくらいどうってことはないと放っておいたのだが、その手が尻《しり》の丸みに触れ、揉《も》みしだくようにしてきたときにはさすがに危機感を覚えた。

（……まずい、このまま好きにさせてたら、確実に抱かれてしまう）

唯史は渾身《こんしん》の力でレオナルドを押し返して、キスをやめさせた。

「んん、ん……っ、ま、待って下さい…！」

「どうした？　苦しくなったか？」

突然《とつぜん》、全力での抵抗《ていこう》を見せた唯史に、レオナルドは訝《いぶか》しげな目を向ける。

「いえ、そうじゃなくて——接待しなければいけないのはこちらのほうですので、あなたは黙《だま》って寝《ね》てて下さい」

口先だけの理由を告げる。『接待』として体を提供しているのは事実だが、一方的に喘《あえ》がされるのはプライドが許さないというのが本音の大半だった。

何とか体勢を入れ替《か》え、逞《たくま》しい体に逆向きに馬乗りになる。このくらいしないと、レオナルドを押さえ込んではおけないだろう。唯史は鍛《きた》え上げられた腹の上で体を屈《かが》める。

「何をしてくれるんだ？」

「溜《た》まってるものを出せばいいんでしょう」

口淫《こういん》なら比《ひ》較的《かくてき》得意なほうだ。出すものを出せば、レオナルドも満足するだろう。そう思ってバスローブの裾を開いた唯史は、露《あら》わになったものの大きさに息を呑んだ。

（マジかよ……）

それなりに立派だろうとは思ったけれど、予想以上だ。軽い目眩《めまい》と敗北感さえ覚える。

「どうした？」

「い、いえ、何でもありません」

サイズがどうあれ、することに変わりはない。

(こんなところで怯《ひる》んでどうする！)

試しに咥《くわ》えてみようと口を開いてみたけれど、奥まで飲み込んだら顎《あご》が壊《こわ》れてしまいそうだったから諦《あきら》めた。代わりに指を絡めて、舌を這《は》わせることにした。

表面を指で擦り、先端《せんたん》を啜《すす》るとぐんと大きくなった。どんどん硬度《こうど》を増していくのに気をよくし、唯史は丹念《たんねん》に舌を動かす。

だが、すぐに形勢逆転されてしまった。

「え？　ちょ、うわっ」

レオナルドの胸のあたりに跨《また が》っていた腰を摑《つか》んで引き上げられ、前のめりに倒れ込む。全体重がのしかかったというのにレオナルドに動じた様子はなかった。

自分が腰だけを掲《かか》げたような格好をしていることに気づいたのは、バスローブの裾を捲《まく》り上げられ、兆し始めた自身に濡《ぬ》れた感触《かんしょく》がしたときだ。

「何して…ッ」

「二人で一緒《いっしょ》にすれば時間も無駄《むだ》にならないだろう」

「ひぁ…っ」

　不意に自身に生暖かい感触が触れ、腰がびくりと跳《は》ねた。レオナルドが唯史の昂《たか》ぶりを裏側から舐めてきたのだ。シックスナインの体勢を取らされたのだと気づいたときにはもう遅《おそ》く、快感で膝《ひざ》に力が入らなくなっていた。

　レオナルドは芯を持ちかけたそれを手で扱《しご》きながら、根本の膨《ふく》らみに舌を這わせてくる。濡れた感触は徐々《じょじょ》に移動していき、最終的に後ろの窄《つぼ》まりに辿《たど》り着いた。

「ちょっ……ん！」

　性器を手の中でもみくちゃにされながら、普段《ふだん》は人に触れられることのない場所を舐められ、息が上がる。そこに触れられるのは苦手なはずなのに、抵抗したくても足に力が入らず動かせなかった。

「そこ、やめ……っん、あっ」

　固く閉ざした場所を舐め溶《と》かされ、張り詰めた昂ぶりを扱かれる。レオナルドの指遣《ゆびづか》いは予想以上に上手《うま》く、あっという間に息が上がってしまった。

「はっ…ぁ、う……」

「続きはどうした？　もう降参か？」

「……っ、ちょっと休んでただけです」

　先に腰を抜かすわけにはいかないと思い、目の前の屹立《きつりつ》に指と舌を絡めていく。持てる限りの技巧《ぎこう》を尽《つ》くしたけれど、レオナルドの吐息《といき》は簡単には乱れなかった。

ようやく溢《あふ》れてきた体液を塗《ぬ》り広げるように指を動かしていたら、ぬるぬるとした何かを纏《まと》った指が舌の代わりに唯史の窄まりを撫でてきた。

くすぐったさに似た感覚を堪《こら》えながら口淫に集中していると、やがて指先がくっと中に押し込まれた。

「んッ――おい、入れるのはなしって云っただろ…っ」

思わず声を荒《あら》らげた唯史に対し、レオナルドはしれっと云い返してくる。

「指くらい気にするな」

「気になるに、決まって……っ、あ！　はっ……」

埋《う》め込まれた指をぐるりと動かされ、力が抜ける。少し奥まで進んできた指先に内壁《ないへき》を強く押された瞬間、尾《び》てい骨《こつ》から背筋を通って電流のようなものが走り抜けた。

強制的に与《あた》えられる快感に身動《みじろ》ぎすらできずにいたら、張り詰めた自身を口に含《ふく》まれた。音を立てて舐めしゃぶられ、文句も上手く言葉にならない。

「や…め……っ、んぅ…っ」

初めは溢れた体液を使っているせいでぬるついているのかと思っていたけれど、時折感じる冷たさから、レオナルドがローションのようなものを用意していたことがわかった。

何度か冷たいものが足され、中を掻《か》き回す指が増やされる。聞こえてくるくちゅくちゅとい

う音が恥《は》ずかしくて脳内が煮《に》えたぎった。

自分がしているときはどうとも思わないのに、どうして逆の立場になった途端《とたん》、こんなにも恥ずかしさを感じてしまうのだろう。

「……っ、く……ぅ……」

喉《のど》から零《こぼ》れそうになる声を抑《おさ》えるのに精一杯《せいいっぱい》で、レオナルドのそれを愛撫《あいぶ》している余裕《よゆう》などもうない。抗《あらが》うことのできない快感に意識がぼやけてきた。

執拗《しつよう》に内部を掻き回され、抜《ぬ》き差しを繰《く》り返される。熱に浮《う》かされたような状態で自身を強く吸い上げられ、衝動を堪えきれなかった。く吸い上げられては、衝動《しょうどう》を堪えきれなかった。

「うっ、んん――く……っ」

腰《こし》が強張《こわば》るのと同時に、レオナルドの口腔で欲望が爆《は》ぜる。びく、びく、と小刻みに腰が震《ふる》え、それに合わせて残滓《ざんし》を搾《しぼ》り取られる。

「俺の勝ちだな」

「なっ……」

勝負をしていたわけではないけれど、先にイカされたという事実は唯史を敗北感に打ち震えさせた。

(……ちくしょう……)

これからが本番だと思い知らせてやろうと決意した途端、唯史はベッドに転がされた。絶頂を迎《むか》えて疲《つか》れきっていたせいか、簡単に体勢を入れ替えられてしまう。

「な、何だ？」

レオナルドは戸惑《とまど》う唯史の両足を左右に押し開き、折りたたんできた。即座《そくざ》に男の目的を察した唯史は必死に云《い》い募《つの》る。

「おい待て！　そっから先はなしだっつったろ!!」

突《つ》っ込まれるなんて冗談《じょうだん》じゃない。イカせてやるとは云ったけれど、やらせてやると云ったわけではないのだ。

「俺が気分次第《しだい》だと云ったら何も反論しなかったじゃないか」

「勝手な解釈《かいしゃく》すんな！　ちょっ…やめ、無理、そんなの無理だって……！」

好みの問題などではなく、現実的なサイズとして不可能としか思えない。どう考えても規模が違《ちが》う。レオナルドに穿《うが》たれたときの惨事《さんじ》を想像して、唯史は青ざめた。

「大丈夫《だいじょうぶ》だ。あれだけ解《ほぐ》したんだ、ちゃんと入る」

「んなわけ……っ」

躊躇《ためら》いもなく大きく開かされた足の間に猛《たけ》った欲望を押し当てられ、唯史は息を呑《の》んだ。口に入りきらなかったものが、もっと狭《せま》い器官に収まるわけがない。

どうにかして拒《こば》みたかったけれど、イカされたあとで四肢《しし》に力が入らず、身悶《みもだ》えることしかできなかった。太腿《ふともも》を掴むレオナルドの力は強く、シーツの上を後退《あとじさ》ることさえかなわない。

「頼《たの》むからやめ――……っあ、あ……っ」

懇願《こんがん》は受け入れられず、硬《かた》い切っ先がめり込んでくる。

「平気だろう？　ちゃんと柔《やわ》らかくなってる」

「へ…き、じゃない……っ」

キツいし苦しいけれど、実際のところ耐《た》えられないほどのことではない。

絶対に無理だと思っていたのに、強引《ごういん》に先端が埋め込まれても、圧迫感《あっぱくかん》はあるが予想していた引き裂《さ》かれるような痛みは訪れなかった。レオナルドはそれをわかっているのか、ゆっくりと自身を沈《しず》めてくる。

「んん、ん」

強引に体の中を押し開かれる苦しさと男に貫《つらぬ》かれようとしている現実から逃《のが》れたくて目を瞑《つぶ》った。だが、レオナルドの言葉が現状を伝えてくる。

「ぅ、ん……っ」

「見てみろ、もう半分入った」

「嘘《うそ》…だ……っ」

恐《おそ》る恐《おそ》る目を開いてみると、無理矢理繋《つな》げられた部分が視界に入ってきた。レオナルドの昂ぶりを途中《とちゅう》まで飲み込んだそこは、時折ひくひくと痙攣《けいれん》する。

唯史はレオナルドの強引な挿入《そうにゅう》に怒《いか》りを覚えるよりも、思ったよりもすんなり男のものを飲み込んだ自分の体に困惑《こんわく》していた。

「嘘じゃない、唯史のここは俺を受け入れてる。……そのまま力を抜《ぬ》いてろよ」

「あ…ぅ、く……」

信じられず呆然《ぼうぜん》としている唯史の中にレオナルドは尚《なお》も腰を進めてくる。徐々に息苦しさは増していくけれど、耐えられないほどではない。

それどころか、熱くて硬いものに擦《こす》られる内壁が甘く震えた。必死に歯を食い縛《しば》るけれど、どうしても吐息が漏《も》れてしまう。

（くそ…っ）

意志に反して感じてしまう自分の体が腹立たしく、心の中で悪態をついた。

「唯史の中は熱いな」

「も、や…め……」

「ここまできてやめられると思うか？　やっと、唯史と一つになれるのに」

レオナルドは半ば恍惚《こうこつ》としながらそう云うと、強く突き上げるようにして一番奥まで穿ってきた。

「ぅあ…っ」

衝撃《しょうげき》に体がびくりと跳ねる。気がつけば、全身にじっとりと汗《あせ》が浮いていた。

「全部飲み込んだ。ほら、自分で確かめてみろ」

「……っ」

レオナルドは唯史の手を取り、欲望を根本まで飲み込んだその場所へと導いてくる。指先で触《ふ》れたそこは、ジンジンと熱く疼《うず》いていた。

(本当に入ってる……)

硬く張り詰めたものが、唯史の中で力強く脈打っている。限界まで押し広げられた内壁はキツかったけれど、言葉にはできない充溢《じゅういつ》感があった。

以前に一度だけ経験したときは、引き裂かれるような痛みがあった。裂傷《れっしょう》を負い、興味本位で行為《こうい》に及《およ》んだ自分と衝動に負けて乱暴に穿《うが》ってきた相手を恨《うら》んだものだ。

だが、信じられないことにいまはあまり痛みを感じない。

「痛くても我慢《がまん》してくれ。俺がもう限界だ」

「え？……ぅんっ」

腰を摑《つか》んで引き寄せられたかと思うと、レオナルドは唯史の体を揺《ゆ》さぶり始めた。初めはゆっくりした動きだったけれど、少しずつ激しさを増していく。

それに合わせて、狭い器官の中で起こる摩擦《まさつ》も酷《ひど》くなり、鼻にかかった吐息《といき》が漏れてしまう。

「は、ぁ…っ、あ……っ」

さっきまでは余裕のあるところを見せていたレオナルドだったけれど、いまは唯史にのしかかり獣《けもの》のように腰を送り込んできている。

滴《したた》るほどに使われたローションのお陰《かげ》で皮膚《ひふ》同士が引きつれるようなこともなく、徐々《じょじょ》に動きがスムーズになっていった。

「ぅあ…っ、あ、あ……ッ」

繰り返される突き上げは力強く、激しい律動に甘い声が押し出される。

意志に反し、あっさりと体を繋げられてしまったことは屈辱《くつじょく》だったけれど、いまは与《あた》えられる快感に溺《おぼ》れないようにすることで精一杯だった。

(くそ、気持ちいいなんて嘘だ……っ)

体の中を擦られることがこんなにも気持ちいいなんて知らなかった。快感に流されて遠くにいってしまいそうになる意識を唇《くちびる》を噛《か》みしめて引き止める。嫌《いや》だと云いながら嫌悪《けんお》感や不快感を覚えることとなく、ただ感じている自分が許せなかった。

だが、何度も内壁《ないへき》を抉《えぐ》るように穿たれているうちにだらしなく唇が開き、濡《ぬ》れた吐息を零してしまう。そうやって、理性と衝動の間で葛藤《かっとう》を繰り返した。

「はぁ…っ、あ…ぁあ……っ」

「そんなに締《し》めるな、唯史」

「んんっ、知るか…んなの……っ」

無意識の反応を指摘《してき》されても、自分ではどうしようもない。抱《だ》かれるほうの立場になって初めてわかる感覚だった。

突き入れられるたびにぐちゅぐちゅと体の中で卑猥《ひわい》な音が立つ。快感に鋭敏《えいびん》になった体はその音にすら煽《あお》られる。

終わりのない快感という責め苦から逃れる術《すべ》を見つけることができず、意識を手放そうとしたそのとき、顔を寄せてきたレオナルドが耳元で囁《ささや》いた。

「俺の名前を呼んでみろよ」

「レオ…ナルド……？」

ファーストネームで呼べと云っていたことを思い出して口を動かすと、レオナルドは小さく首を横に振《ふ》った。

「リオ、だよ。親しい人はそう呼ぶ」

「リオ…？」

レオナルドなら、『レオ』という愛称《あいしょう》になるのが一般《いっぱん》的ではないだろうか？　ふと疑問に思ったけれど、いまの唯史にそれを聞き返す余裕《よゆう》はなかった。

「そうだ。もっと呼んでくれ」

「ひぁ…っ、ああっ、リオ……っ」

それまでとは違《ちが》う角度で突き上げられ、背中が撓《しな》る。ガクガクと乱暴に揺さぶられているうちに、限界が近づいてきた。

「あ…も……っ」

「いいよ、イッて」

「く……っ」

一際《ひときわ》強く突《つ》き上げられたのを引き金に、膨《ふく》らみきった欲望が爆《は》ぜた。

唯史がびくびくと下腹部を震《ふる》わせて白濁《はくだく》を吐《は》き出すのを最後まで見届けたあと、レオナルドはまたすぐに腰《こし》を送り込んでくる。

「や、待っ……あぅ…ッ」

「次は俺の番だ」

「……っは、ぁあ…っ！」

「……ッ…」

律動は激しさを増していき、やがて体の奥で欲望が弾《はじ》けたのを感じた。

中に出されたことに軽いショックを覚えたけれど、それよりも眉《まゆ》を寄せて果てるレオナルドのほうが気になってしまう。

その表情がやけに色っぽく、思わず見蕩《みと》れてしまう。レオナルドは大きく息を吐き出したあと、唯史の視線に気づいたようだった。

「唯史？　そんなに熱く見つめなくても、まだ終わりにはしないから」

「へ？　ま、まだってまだする気なのか…⁉」

「当然。やっとこの腕《うで》に抱けたのに、これくらいで離《はな》せるわけがないだろう」

「ふざけ——んむ、んんん…っ」

苦情はキスで封《ふう》じられ、体をまさぐる手に官能を再び呼び起こされる。抵抗《ていこう》は口づけに溶《と》かされていき、この夜はひたすらに体を貪《むさぼ》り尽《つ》くされたのだった。

3

噎《む》せ返るような甘い匂《にお》いがしていた。

(何の匂いだ……?)

香水《こうすい》か何かの香《かお》りかとも考えたけれど、作り物とは思えない清々《すがすが》しさが混じっている。知っているような気もするけれど、どこで嗅《か》いだかが思い出せない。

「……うっ」

息苦しいほどの香りから逃《のが》れようと寝返《ねがえ》りを打った瞬間《しゅんかん》、腰に痛みが走った。そして、覚醒《かくせい》と共に少しずつ蘇《よみがえ》ってきた昨夜の記憶《きおく》に眉根《まゆね》を寄せていく。

いっそのこと、忘れたままでいられればよかったのにと思わずにはいられない。

昨夜は最終的には三度もイカされ、レオナルドは二度唯史の中で果てた。

抱かれるのを避《さ》けるために口淫《こういん》までしてやったのに、結局は好き放題されてしまったことが悔《くや》しくてならなかった。

(あンの野郎《やろう》、次は見てろよ……絶対に突っ込んでやる……)

やられっぱなしは性に合わない。リベンジを心に誓《ちか》いながら何とか起き上がると、ベッドの周りどころか部屋中が白い薔薇《ばら》で埋《う》め尽くされていた。

さっきからやけに甘い匂いがすると思ったら、この薔薇のせいだったらしい。

「な、何だこれ……」

驚《おどろ》きに目を瞬《またた》いていると、すでに身支度を終えたレオナルドが寝室《しんしつ》へと入ってきた。

「おはよう、唯史。よく眠《ねむ》れたか?」

「それよりこれは何なんだ⁉」

「ああ、薔薇のことか。君のイメージにぴったりだと思って。ほら、よく似合う」

「…………」

今日も一分の隙《すき》もないレオナルドは、唯史に歯の浮《う》くような言葉をかけながらその中の一本を差し出してくる。そんな気障《きざ》な仕草に開いた口が塞《ふさ》がらない。

(アメリカ人はよくわからん……)

いや、おかしいのはハリウッドスターだからか、それとも、レオナルドだけなのか。感覚がズレているとしか思えない。

いままで花をプレゼントしたことはあるけれど、もらったことはほとんどない。それこそ、大阪から本社に転勤になるときに、大阪支社の同僚《どうりょう》から贈《おく》られたくらいだ。

唯史はしばらく唖然《あぜん》としていたけれど、やがて我に返った。

「こんなにたくさんの花をどうする気なんですか」

「飾《かざ》っておけばいいだろう」

「ウチにはそんなスペースはありませんし、花瓶《かびん》だってありません」

こんな大量の花を持って帰ったら、寝《ね》る場所さえなくなってしまう。だが、レオナルドは唯史の言葉に不思議そうな顔をした。

「この部屋なら問題ないと思うが？」

どうやら、レオナルドは唯史がこの部屋にこれからも滞在《たいざい》するものと思っているようだ。

ほとんど気を失うようにして眠ってしまったせいでこうしてこの部屋で朝を迎《むか》えることになったけれど、本当は泊《と》まるつもりはなかったのだ。

ここにずっと滞在していたら、何をされるかわかったものではない。また昨晩のように云《い》いくるめられてしまう可能性だってある。

誤解は早いうちに解いておいたほうがいい。そう思い、咳払《せきばら》いをしてからはっきりと告げる。

「日中はあなたのお供をさせていただきますが、夜は自宅に帰らせていただきます。初めからそういうお約束でしたよね？」

そんな唯史の主張に、レオナルドは納得《なっとく》できない様子だった。

「どうしてわざわざ自宅に帰る必要があるんだ？　ここなら移動の手間も省けるし、部屋だって快適だろう？」

確かに快適すぎるほどの部屋だろうが、庶民《しょみん》の唯史には落ち着かない空間だ。ついつい、一《いっ》泊《ぱく》いくらなのだろうかと余計なことを気にしてしまう。

それに、レオナルドの接待は引き受けたけれど、二十四時間一緒《いっしょ》にはいたくない。どうにかして二人でいる時間を減らそうと、云い訳を捻《ひね》り出す。

「仕事とプライベートはできるだけわけておきたいんです」

「この部屋では自分の家だと思って寛《くつろ》いでくれて構わないが？」

「そうはいきません。それに私はサラリーマンですから、本来の勤務は夜七時までと決まってるんです」

「だったら、残業代を俺が払《はら》えば七時以降も傍《そば》にいてくれるのか？」

「当社は副業を禁じておりますので。残業は上司に相談してみないとわかりません」

「よし。じゃあ、これから将哉のところに行こう。一昨日は細かい部分の契約《けいやく》までは話し合わなかったからな」

どんなに言葉を尽くしても、レオナルドは一向に諦《あきら》めようとはしなかった。

(何でこんなに諦めが悪いんだ……っ)

資料には謙虚《けんきょ》な人格者だと書かれていたけれど、あれはやらせ記事か何かだったのだろうかと疑いを抱《いだ》いてしまう。唯史に対するレオナルドの態度は、どこか子供っぽさが否《いな》めない。

そんなやり取りが続いた結果、とうとう唯史のほうが先に音を上げた。

「わかりました…私のほうから上司に云っておきます……」

高篠に相談されたら、昨日の今日で揉《も》めていると思われてしまう。そうなると自分への評価も悪くなるし、何となく高篠には自分が抱かれてしまったことは知られたくなかった。

(レオナルドにうっかり口を滑《すべ》らされたら堪《たま》らないからな)

あんなことを堂々と口にした手前、あっさり貞操《ていそう》を奪《うば》われてしまったと知られるのはバツが悪い。とは云え、何の報告も入れないのもまずいだろう。あとで営業部と高篠に電話を入れておかなければ。

「……今日のご予定は？」

「一ヶ所行きたいところがあるんだ。つき合ってくれるか？」

レオナルドはやけに楽しそうな様子で訊《き》いてくる。断れるわけがないだろうと胸の中で悪態をつきながら、仕方なく頷《うなず》いて見せた。

「わかりました、お供します」

どこに行きたいのかわからないが、観光をしたいと云っていたから目的地はそういった類《たぐい》の場所だろう。上野だろうと浅草だろうとついては行くけれど、できれば人の少ないところにしてもらいたい。

試写会のときのような騒《さわ》ぎになったとき、上手《うま》く対応できるか少し心配だった。昨日、守るべきレオナルドに逆に助けられてしまったことが、未《いま》だに引っかかっていた。

(そういや、行くところ一ヶ所ならそんなに時間はかかんないよな？)

できることなら、会社に引き継《つ》ぎの確認《かくにん》に行っておきたい。一月も自分の担当を人に任せるわけだから、念には念を入れておくべきだろう。

しかし、レオナルドがそれを許してくれるだろうか？

「あの、レオナルド…さん」

ファーストネームで呼べと云われていたけれど、呼び捨てにするのは気が引ける。何だか妙《みょう》な感じがしつつも敬称《けいしょう》をつけてみたのだが、レオナルドは苦笑いで返してきた。

「やけに他人行儀《たにんぎょうぎ》だな。昨日はリオと呼んでくれたのに」

「あ、あれは……っ」

雰囲気《ふんいき》に流されただけであって、決して近しい間柄《あいだがら》になったからではない。必死になって自分に云い訳をしていたら、レオナルドは涼《すず》しい顔で先を促《うなが》してきた。

「それで？　何か聞きたかったんじゃないのか？」

「……っ」

動揺《どうよう》を見せた自分が気恥《きは》ずかしく、ごほんと空咳《からせき》をしてその場を取り繕《つくろ》う。

「……そうでした。今日、お供するのは一ヶ所だけでよろしいんですか？」

「どういう意味だ？」

「他《ほか》にご用がないようでしたら、会社に行きたいんですが」

さっき、隙を見て同僚に欠勤することになるかもしれないとメールを打っておいたが、顔を出せるなら出しておきたい。

「忘れ物でもしたのか？」

「仕事の引き継ぎの確認をしておきたいんです。本当は昨日終わらせておくはずだったんですけど……」

当初立てていた予定はレオナルドのせいで狂《くる》ってしまったのだ。嫌《いや》みのつもりでそう云ったのだが、レオナルドが気にした様子は微塵《みじん》も見受けられなかった。

「電話ですませられないのか？」

「直《じか》に顔を合わせてやったほうがスムーズに行きますし、ミスも少ないですから」

「わかったよ。あとで行こう」

「え、あ、その、一人で行ってきますので……」

「俺の都合につき合ってもらうんだ。君の予定にも合わせるべきだろう」

「いや……」

一人のほうが気楽でありがたいのだが、はっきり云うのはさすがに気が咎《とが》めた。

(丸一日一緒にいるのは勘弁《かんべん》してくれ……)

何かいいアイデアはないかと頭を捻っていると、くしゃみが出た。

「――――くし…っ」

思わず出たくしゃみに、唯史は自分が何も着ていないことを思い出した。

「寒いか？　空調の温度を上げてくる」

「あの、あと家に着替《きが》えを取りに戻《もど》りたいんですが……」

スーツは昨日と同じでも構わないけれど、会社に行くのならせめて糊《のり》の利《き》いたワイシャツを着ておきたい。サラリーマンにとってスーツは戦闘服《せんとう》のようなものだ。

「そういえば、着替えがなかったな。すまない、気が利かなくて。いま朝食を頼《たの》んだところだから、とりあえずシャワーでも浴びてきたらどうだ？」

朝食と云われて、体が空腹を訴《うった》えてくる。

（そういや、昨日は夕飯食いっぱぐれたもんな……）

接待やつき合いで酒を飲んで帰ることが多いため朝の食事を抜《ぬ》くことが多いが、今日は食べておかないと体が動かなそうだ。

「それじゃあ、お言葉に甘えて……」

脱《ぬ》ぎ捨てられていたバスローブを手繰《たぐ》り寄せて羽織《はお》り、ベッドから降りる。慣れない行為《こうい》にまだ体が怠《だる》いけれど、歩けなくなるほどではないようだ。

「大丈夫《だいじょうぶ》か？」

「え？」

「体は平気かと訊いてるんだ。辛《つら》いなら、俺が連れていってやる。何なら一緒に入って洗ってやろうか？」

「結構です！」

レオナルドの申し出をぴしゃりと撥《は》ねつけ、足早にバスルームへと向かう。

(冗談《じょうだん》じゃない！)

拒《こば》みきれずに抱かれてしまったことだけでも屈辱《くつじょく》なのに、そこまで世話を焼かれるなんてまっぴらだ。

唯史は苛立《いらだ》ちをぶつけるように、バスルームのドアを乱暴に閉めた。

「人をからかうのもいい加減にしろよ」

一人きりになったところで、本人の前では云《い》えない文句を口にする。

(あれ？　でも、いまのは冗談だったのか…？)

思い返してみると、レオナルドは真顔で云っていたような気がする。しかし、あれが本気だったのだとしたら、そのほうが嫌だ。

彼が自分のことをどういう目で見ているのか考えたくもない。

「……余計なことは考えないほうがいいよな」

最高級のロイヤルスイートなだけあって、バスルームもバスタブもゆったりとしている。昨夜は緊張《きんちょう》していて楽しめなかったけれど、せっかくだからこの機会にしっかり堪能《たんのう》しておこう。

そう開き直り、唯史はバスタブへとお湯を張り始めた。

昨日着ていた少し皺《しわ》の入ったシャツとスラックスを身に着けてバスルームから出ていくと、東京のビル群が見渡《みわた》せる大きな窓の前にテーブルがセットされ、その上には見事な朝食が用意されていた。

白いご飯に焼き魚、味噌汁《みそしる》、玉子焼き、そして、いくつもの小鉢《こばち》が並んでいる。まるで旅館で出されるようなメニューだ。食欲は誘《さそ》われるけれど、何だか場にそぐわない。

違和感《いわかん》を覚えるのは、そこに座って新聞を読んでいるのが金髪《きんぱつ》の男だからだろうか。

声をかけそびれて立ち尽《つ》くしていると、気配に気づいたレオナルドが顔を上げた。

「唯史、食事の仕度できてるぞ」

「はあ…」

「早く席に着け。味噌汁が冷める」

「あ、はい」

唯史がテーブルに着くと、レオナルドは「いただきます」と両手を合わせてから、箸《はし》を手に取った。次々に小鉢を空にしていき、脇《わき》に置いてあったお櫃《ひつ》から自分でご飯のおかわりをよそう。綺麗《きれい》な箸使いで食事をしている。

朝から旺盛《おうせい》な食欲を見せているレオナルドに思わず目を奪《うば》われる。

「いつもこういう食事を摂《と》ってるんですか？」

「朝飯はできるだけ和食にしてる。パンとコーヒーじゃ目が覚めないからな。唯史は食べないのか？」

「いえ、いただきますっ」

口に運んだおかずは少し冷めてはいたけれど、どれもあっさりとした味つけで美味《おい》しかった。いくら空腹とは云え、朝からしっかり食べる習慣のない唯史は食が進むかわからなかったのだが、それは杞憂《きゆう》に終わったようだ。

「玉子焼き好きだろう？　ほら、俺のぶんも食え」

レオナルドは空になっていた小皿に自分の玉子焼きを移してくる。

出汁《だし》の利いた甘口の厚焼き玉子は唯史の好みの味で真っ先に食べてしまったが、そんな細かいところまで観察されていたとは。

「あ、いや、いいですよ」

「代わりにそれを貰《もら》うから気にするな」

レオナルドはひょいと煮物《にもの》の小鉢を持っていく。あまり好き嫌《きら》いはない唯史だったが、椎茸《しいたけ》を甘辛《あまから》く煮たものが得意ではない。その小鉢の中に椎茸が入っていたため、無意識に箸を伸《の》ばすのを避《さ》けていたのだ。

どうしても食べられないというわけではなかったけれど、レオナルドが持っていってくれるのはありがたかった。

「じゃあ、遠慮《えんりょ》なくいただきます」

「ご飯のおかわりは？」

「い、いえ、もう結構です」

白米自体も美味しくて、自制しないと食べすぎてしまいそうだった。

「お茶も飲むだろう？　焙《ほう》じ茶《ちゃ》でいいよな」

「あの、お構いなく。というか、俺がやりますから食べてて下さい」

本当なら唯史のほうがレオナルドを持てなさなければならないのに、さっきから立場が逆になっている。このまま何もしないでいるわけにはいかない気がする。

「君はこの部屋のゲストなんだから持てなされててくれ。それに俺は人に世話を焼かれるより、焼くほうが好きなんだ」

そう云われてしまうと、何もすることができない。いまできることは、用意された食事を残さずに食べることだけだ。せっせと箸を口に運んでいると、不意に呼《よ》び鈴《りん》が鳴った。

「やっと来たか」

「ルームサービスですか？」

まだ他《ほか》に何か頼んでいたのだろうか？　しかし、どんなに美味しい料理でもこれ以上はお腹《なか》に入りそうにない。

とりあえず自分が応対に出るべきだろうと思い、手を止めて席を立とうとしたら、レオナルドに制止された。

「俺が出る。君はそのまま食事を続けてろ。ちゃんとよく嚙《か》んで食べるんだぞ」

昔、よく母親に云われていた小言のような言葉にむっとする。子供じゃないと文句を云う前にレオナルドは行ってしまった。

(よく嚙んでって、俺のことを何だと思ってるんだ)

苛立ちを紛《まぎ》らわすためにお茶を啜《すす》っていると、いくつもの紙袋《かみぶくろ》を提《さ》げた女性がレオナルドに続いて入ってきた。

「お食事中失礼します」

「……っ」

まさか、部屋に入ってくるとは思っていなかったため噎《む》せそうになってしまったけれど、何とか堪《こら》えて挨拶《あいさつ》をする。

「お、おはようございます」

どういう関係の人なのか見当もつかない。事情がわからず、レオナルドに戸惑《とまど》いの眼差《まなざ》しを向ける。

「彼女はミシェル・リードの日本スタッフで、今回俺のスタイリストをしてくれている人だ」

ミシェル・リードとはレオナルドがモデルをしているブランドだ。ということは、彼女の持ってきた紙袋の中に入っているのは、衣装か何かだろうか？

「ああ、そのまま食事をしてていいぞ」

「そういうわけにはいかないでしょう！」

客が来ているのに素知らぬ顔で食事を続けているわけにはいかない。唯史は慌《あわ》てて箸を置いて席を立つ。

「ご希望のサイズは日本人用のMでよろしいとのことでしたが……」

「ああ、彼に合わせて欲しいんだ。似合う服を見立ててやってくれ」

「はい、お任せ下さい。では、こちらに並べさせていただきますね」

スタイリストの女性は大きな紙袋の中から服や小物を次々に取り出し、ソファやテーブルに並べていく。あっというまにショップの一角のようになった。

「あの、これはどういうことですか？」

「着替《きが》えが必要だと云ってただろう？　だから、持ってきてもらったんだ」

「たしかに云いましたけど、新品が欲しいなんて一言も云ってません！」

家に戻《もど》りたいと云ったことは都合よく聞き漏《も》らしたとでも云うのだろうか。

「何か問題あるか？　どれでも気に入ったのを着るといい」

「俺の給料がいくらかわかってるんですか？　こんな高いの気軽に買えるわけないじゃないですか！」

値札を見たわけではないが、このブランドの商品がどのくらいのランクのものかは知っている。小物などを買い求めたことはあるけれど、全身を揃《そろ》えられるほどの余裕《よゆう》は唯史の懐《ふところ》にはない。いくら唯史が同期の出世頭とは云《い》え、衣類にそんな金額を出せるわけがない。

「何を云ってる。これは俺からのプレゼントだ」

「それこそ、いただく理由がありません」

「それじゃあ、今日一日貸し出すということでどうだ？　俺のために着てくれ」

「…………」

「頼《たの》む。この通りだ」

両手を合わせて拝まれ、居たたまれない気持ちになる。

「わ、わかりましたよ！　本当に借りるだけですからね」

「ああ、着てくれるならそれでいい」

唯史が渋々承諾《しぶしぶしょうだく》すると、レオナルドはぱっと表情を輝《かがや》かせた。そして、唯史をスタイリストの前に連れて行く。

「あとは頼む」

「かしこまりました。それでは、失礼します。あ、すみません、まっすぐ立っていてもらえますか？」

「は、はあ…」

「スタイルがいいですね。腰《こし》の位置が高いから、お直ししないでも大丈夫《だいじょうぶ》そう。顔立ちも整ってらっしゃるから、こっちの色のほうがいいかしら……」

さすがプロと云うべきか、戸惑う唯史を宥《なだ》め賺《すか》しながら迷いのない手つきでアイテムを選んでいく。着せ替《か》え人形よろしく、唯史はレオナルドの前で次々に服を当てられていった。

「こちらなどいかがですか？　この色は今季の新作なんですけど、こういう色みでも似合うと思いますが」

「うん、悪くないな。だが、少しラフすぎないか？」

「でしたら、こちらはどうでしょう？」

「うん、さっきのよりはこっちのほうが似合う。ストイックなほうが唯史の魅力《みりょく》をより引き立ててくれるな」

全《すべ》てを当て終わったあと、ようやく意見を求められた。

「唯史はどれが気に入った？」

「そのダークグレーのスーツがいいです」

どれも悪くはなかったけれど、仕事中に身に着けるものとしては派手すぎる。仕方なくその中では一番地味なスーツを選ぶと、レオナルドはがっかりした顔をした。

「せっかくのデートなのに…」

「何か云いましたか？」

「いや、何でもない。それじゃあ、そのスーツに合わせてコーディネートしてやってくれ」

「でしたら、このシャツが一番合いますね。あとはこれとこれを」

「…………」

彼女はてきぱきとアイテムを選んでいく。

「着ないのか？」

「こ、ここでですか？」

ベルトやカフスボタンだけでなく下着や靴下《くつした》まで揃えられた一式を手渡《てわた》されたのはいいが、二人の視線を向けられたままでは着替えられるわけがない。

この場にいるのがレオナルドだけならともかく、いくら彼のスタイリストでモデルの裸《はだか》を見慣れているような人だとしても初対面の女性の前で着替えるのは抵抗《ていこう》がある。

「何か問題あるか？」

「隣《となり》で着替えてきます……」

服を抱《かか》えて寝室《しんしつ》へ行き、ドアを閉じる。ついでに鍵《かぎ》をかけてから着替え始めた。

何から何まで新品なのは落ち着かないけれど、大勢の人に揉《も》まれてよれよれになったスーツを着て外に出るよりはいい。そう自分を納得《なっとく》させて、真新しいシャツに袖《そで》を通した。

「着てみました…けど……」

隣の部屋で身に着けて出ていくと、素早《すばや》くスタイリストの女性が歩み寄ってきた。彼女は唯史のスーツの胸ポケットにチーフを添《そ》え、襟《えり》の形を直し、腕《うで》や足の裾《すそ》の長さをチェックする。

そうして、完璧《かんぺき》に整えた唯史をレオナルドのほうに向け、その出来を聞く。

「いかがでしょうか？」

「最高だ。よく似合ってる」

満点の評価が下されたことに満足そうに微笑《ほほえ》み、今度は唯史を鏡の前に連れていく。

「本当に素敵ですよ。ご自分で見ていかがですか？」

「……素晴らしい、と思います……」

感想を問われたら、そうとしか答えられなかった。

鏡の中の自分は見事にドレスアップさせられていた。スーツの色こそ派手ではないが、光沢《こうたく》の入ったシャツや添えられたチーフが差し色となり、華《はな》やかになっている。

(地味なやつを選んだはずなのに……)

自分では選ばないような組み合わせだったけれど、我ながら意外なほどに似合っていた。しかし、コーディネートは完璧でも仕事に行く格好ではない。

「どんな格好でも可愛《かわい》いが、今日は一段と綺麗《きれい》だな」

「あんた人前で何云ってんだ！」

思わず敬語を使うのも忘れてツッコミを入れてしまう。誤解を生むような発言は控《ひか》えてもらいたい。

「そうだ、ちょっと待ってろ」

「人の話聞け！　あ……すみません……」

くすくすという笑い声が聞こえてきて、はっとする。まだスタイリストの女性が部屋にいたことを忘れていた。

「本当に仲がよろしいんですね」

「いや、そういうわけじゃ……」

どういう関係なのかを説明しようとしたけれど、言葉が見つからない。会社の接待のために一緒《いっしょ》にいるだけと云えば極秘《ごくひ》の契約《けいやく》がバレてしまう。友人ということにしておくのが一番いい理由のため、敢《あ》えて訂正《ていせい》しないことにした。

「唯史、ちょっとそっち向いて立ってろ」

「はぁ……」

バスルームから戻ってきたレオナルドは鏡の前に立った唯史の背後に回り、手櫛《てぐし》で髪《かみ》を弄《いじ》ってくる。どうやら、ヘアワックスを手に取ってきたらしい。

「これでいい。完璧だろう？」

「ええ、とっても素敵です」

唯史を好き勝手に仕立て上げた二人は、その出来に満足そうだ。

「それでは、私はこれで失礼します。残りの服はどういたしましょうか？」

「何着か、てきとうに置いていってくれ」

「わかりました。着回しが利《き》くようなものを置いていきますね」

彼女は選んだ数着を残し、帰っていった。

戸惑《とまど》っているうちにスタイリングをされてしまった唯史は、隣で満足そうにしているレオナルドに苦情を云う。

「……俺、会社に行きたいって云いませんでしたっけ？」

「ああ、そんなことも云っていたな」

「こんな格好で出社できると思ってるんですか⁉」

いかにもデートに行きますと云わんばかりの気合いの入った格好で、出社などできるわけがない。

「別にいいじゃないか、男前度も上がってるしな。さ、仕度をしたら出るぞ」

「………」

レオナルドには、何を云っても暖簾《のれん》に腕押《うでお》しだ。ムキになるだけバカバカしい。

「唯史も早く準備をしろ」

「はいはい」

急《せ》かされるままに仕度をし、慌《あわ》ただしく部屋をあとにした。

廊下《ろうか》を歩くレオナルドの表情はあまり変わらないが、心なしか浮《う》かれているようにも見えた。

これから行くところはそれほどまでに楽しみにしている場所なのだろうか？

（そういや、どこに行くのか聞いてなかったな）

観光がしたいのだろうとは思うのだが、あまり混雑するようなところに行くなら、それなりの対応を考えなくてはならない。

エレベーターに乗ってから、様子を窺《うかが》いながら問いかける。

「ところで、今日はどちらに行かれるんですか？」

「着いてからのお楽しみだ。唯史は助手席に座ってるだけでいい」

「助手席って……まさか、昨日の車で行くんじゃ……っていうか、運転する気なんですか⁉」

試写会会場からレオナルドを連れ出したミニバンを思い出す。あれに乗っていたら、誰もレオナルドの正体に気づかないだろうが、万が一バレたときに隠《かく》れようがない。

「ああ、もちろんそのつもりだ。免許《めんきょ》なら問題ない。日本でも使えるやつを持ってきてる」

「運転手の方はどうしたんですか？」

「彼にはしばらく休暇《きゅうか》をやった。せっかく日本に来たんだ、少しは遊びたいだろうと思ってな」

「なっ…何考えてるんですか！　彼はあなたのボディーガードも兼《か》ねているんでしょう⁉」

唯史はレオナルドの答えに耳を疑った。いったい、何のために彼を雇《やと》っているのだ。自分勝手にもほどがある。

「デートは二人きりでするものだろう？　見張りつきなんてまっぴらだ」

「デートじゃありません！」

云《い》い合いをしているうちに一階に着いてしまった。

（本気で疲《つか》れる……）

この調子で一日過ごさなくてはいけないのかと思ったら気が遠くなった。まともに取り合うから疲れるのだとわかってはいるが、何となくレオナルドの言葉ははいはいと気安く聞き流せないのだ。

「預けてあるキーをもらってくるから、ここで待っててくれ」

エレベーターホールの近くに置かれているソファで待っているように云われたけれど、大人《おとな》しく座っていられるわけがない。

「何かあったら困るので一緒に行きます」

「心配性だな、唯史は」

「あなたがおおざっぱすぎるんです。ご自分の立場を弁《わきま》えて下さい」

「外国人が多く泊《と》まってるんだ、そうそう簡単に気づかれないだろ。俺の映画を見てる人ばかりじゃないだろうしな」

「本気でそう思ってるんですか…？」

映画などに興味がなくハリウッドスターの顔を知らない人もたくさんいるかもしれないが、レオナルドの持つ存在感は一般人《いっぱんじん》とは全然違《ちが》う。いまだって通り過ぎていく人が皆《みな》、彼を振《ふ》り返っていっている。

「別に見つかったっていいじゃないか。ホテルの中なんだ、昨日みたいなことにはならないさ」

「とにかく一緒に行きます」

「感激だな。そんなに俺と離《はな》れていたくないなんて」

「なっ……！　誰が……っ」

「ほら、早く行くぞ。時間がもったない」

「〜〜〜っ」

昨日から、いいように手の平の上で転がされている気がしてならない。まるで、性格を熟知されているような扱《あつか》われ方だ。

同い年の男にあしらわれる悔《くや》しさに歯噛《はが》みしながら、レオナルドのあとに続く。フロントに近づくと、スタッフが笑顔《えがお》を見せた。

「おはようございます、ミスターデュケイン。お出かけですか？」

「ああ、ちょっと観光に。車のキーを頼《たの》む」

「かしこまりました。少々お待ち下さい——こちらでよろしいですか？」

素早くミニバンのキーがカウンターの上に出てくる。レオナルドが自分で運転すると云っていたのは、果たして本気なのだろうか？

レオナルドは、フロントで部屋のカードキーと交換《こうかん》するようにして車のキーを受け取る。

「いってらっしゃいませ」

「ああ、ありがとう」

「行こうか、唯史」

「やっぱり、俺が運転します。何かあったら困りますし……」

「俺の運転がそんなに心配か？　いいから、大人しく助手席に乗っていろ」

歩きながら押し問答《もんどう》をしていたら、突然《とつぜん》目の前に見知らぬ女性が立ち塞《ふさ》がった。

「すみません、レオナルド・デュケインさんですよね？」

「あ、ファンの方ですか？　いまはプライベートですのでご遠慮《えんりょ》願いた――」

「お久しぶりです」

彼女は唯史の言葉を無視し、レオナルドに親しげに話しかける。

「え？　お知り合い、ですか？」

こんなにも堂々と話しかけてきているのだから、ただのファンではないだろうと思ったのだが、レオナルドはその女性に見覚えがないようだった。

「いや、知り合いではない。悪いが、人違《ひとちが》いじゃないか？」

「そんなことありません。私、有香《ゆか》です！　私のこと、覚えてらっしゃいませんか…？」

レオナルドの冷たい態度に、女性は悲しげに表情を歪《ゆが》ませる。

「覚えてるも何も、君とはプライベートで会ったことはない」

「思い出せなくても仕方ないかもしれませんね……。こうして会うのは、久しぶりのことですから。以前に会ったのは十五年以上前のことですし、私のほうも見違《みちが》えちゃいました」

「十五年前？　何が云いたいんだ？」

「小さい頃《ころ》、隣《となり》に住んでたじゃないですか！　よく二人で遊んだの忘れちゃいましたか…？」

「君はいったい何を云って――」

「お願いです、私のこと思い出して下さい…!!」

レオナルドに食い下がる女性の顔を見ながら、唯史は一人首を捻《ひね》っていた。

（どこかで見たような……？）

お嬢様《じょうさま》ふうの格好をした大人しそうな地味な女性で、とくに印象に残りやすいタイプではない。どこで見かけたのだろうと考え込んでいた唯史はしばらくしてはっとした。

「あっ」

昨日、映画の試写会で唯史を引っ掻《か》いた女性だ。

彼女の話から察するに、自分こそがレオナルドの幼馴染《おさななじ》みだと云いたいらしい。

きっと、昨日レオナルドが「初恋《はつこい》の相手に会いたい」という発言をしたせいで、自分こそがその初恋の相手だと思い込んでしまったのだろう。

「君は昨日、試写会に来てた子だろう？　どうしてこのホテルがわかったんだ」

誰にも気づかれずに会場をあとにしたはずだったのに、何故《なぜ》レオナルドの宿泊場所《しゅくはく》がバレてしまったのだろう？　インターネット上のブログか何かに目撃《もくげき》情報でも書かれてしまったのだろうか。

「馴《な》れ馴《な》れしく触《さわ》らないで！　あなたには関係ないでしょう⁉　邪魔《じゃま》しないで！」

女性はレオナルドから引き剝《は》がそうとした唯史の手をはたき落とし、キツく睨《にら》みつける。場の雰囲気《ふんいき》にはそぐわない感情的な声に、周囲の目が一斉《いっせい》に集まった。

あまりの剣幕《けんまく》に声を失っていると、またもレオナルドが庇《かば》ってくれた。

「俺の大事な友人に失礼な態度を取らないでくれ」

「で、でも、この人が……っ」

レオナルドの厳しい声音《こわね》に、彼女はびくりと肩《かた》を竦《すく》ませた。そして、恨《うら》みがましい目を唯史に向けてくる。きっと、レオナルドが冷たい態度を取るのは自分のせいだとでも思っているのだろう。

「デュケイン様、どうなさいましたか？」

唯史たちのやり取りを不審《ふしん》に思ったのか、近くにいたホテルマンが控《ひか》えめに声をかけてきた。

「お騒《さわ》がせしてす——」

「すまないが、この女性が俺を知り合いと勘違《かんちが》いしているようなんだ。すまないが、出口まで案内してやってくれ」

騒ぎになってしまったことを謝ろうとした唯史を遮《さえぎ》り、レオナルドが慣れた様子で頼みを口にした。

「かしこまりました」

間接的に女性を連れ出してくれるよう頼むと、ホテルマンは恭《うやうや》しく頭を下げた。そして、さりげなくレオナルドと女性の間に入り、詰《つ》め寄《よ》ろうとするのを押し止《とど》めた。

「何を云ってるの？　レオナルド！」

「お客様、少々よろしいですか？」

尚《なお》も追い縋《すが》ろうとする女性をホテルマンが制止する。レオナルドは唯史の腰《こし》に腕《うで》を回しエスコートするようにしてその場をさっさとあとにした。

「行こう、唯史。時間がなくなる」

「は、はい」

「ちょっと！　レオナルド!?　レオったら！」

足早にエレベーターに乗り込み、地下駐車場《ちゅうしゃじょう》へと向かう。その場に控えていたスタッフにキーを渡《わた》すと、すぐに車を持ってきてくれた。

レオナルドが当たり前のように運転席に乗り込んでしまったので、助手席に乗らざるを得なくなった。

「カーナビつけないんですか？」

「道は覚えてるから問題ない」

慣れた手つきでハンドルをさばくレオナルドに、唯史はふと気になったことを訊《たず》ねてみた。

「彼女が例の……初恋の相手ってことは絶対にないんですか？　何年も経《た》ってれば印象も変わるだろうし、もしかしたらってことも……」

「絶対にありえない」

間髪《かんはつ》入れずに否定される。あまりにきっぱりとした物云《ものい》いに少し面食《めんく》らった。

「どうしてそう云いきれるんですか？」

「俺の初恋は男だからな。それに本当に俺の幼馴染みなら『レオ』とは呼ばない」

「……なるほど……」

単純かつ明快な理由に納得した。だが、世間にそう公表するわけにいかないし、云ったところで空想を現実だと思いこむような盲目《もうもく》的ファンが納得してくれるとは思えない。

そう簡単に解決策は浮《う》かんでこなかった。

「だとしたら、やっぱり彼女は出任せを云って近づこうとしたんですかね？」

「本気で思い込んでいるのかもしれないしな。たまにいるんだ。妄想《もうそう》と現実の区別がつかなくなるようなのが」

「俳優業は大変ですね……」

スクリーンの中で演技をするだけでなく、宣伝や告知をし、マスコミに気を遣《つか》い、ファンサービスをしながらストーカーにも注意を払《はら》わなくてはいけないなんて、自分ならすぐに神経が磨《す》り減《へ》ってしまいそうだ。

「だいたい、唯史の顔に傷をつけるような女を俺が好きになるわけないだろう」

「えっ、彼女だってわかってたんですか⁉」

「当然だ。昨日見た顔くらいは覚えてる」

レオナルドは腹立たしそうに云い捨てる。

ファンに対しては気さくに応じるレオナルドにしては、やけに硬《かた》い態度だと思ったら、そういうわけだったのか。自分のために怒《おこ》ってくれているのだとは思いも寄らなかった。

「今日は念のため、一旦《いったん》部屋に戻《もど》ったほうがいいんじゃないですか？」

ホテル側に対処を任せたため、今後施設《しせつ》内で待ち伏《ぶ》せされることはないだろうが、一歩外に出たらどういう行動を取られるかわからない。

「とくに気にする必要はない。ああいうのはよくあることだ」

「でも……」

「君の心配はわかるが、今日の予定だけは変えられない」

そこまで云うということは、これから向かうところはレオナルドにとって大事な場所なのだろう。唯史は説得を諦《あきら》め、他《ほか》の対処方法を告げる。

「……わかりました。ですが、ホテルは変えて下さい。またああして待ち伏せされる可能性もありますから」

「その辺は任せる」

「任せるって――」

「映画に関しての仕事は昨日でほとんど終わりなんだ。あとは君のところとの仕事をするだけだからな、そちらの都合のいいようにしてくれればいい。俺としては唯史の家に泊《と》めてもらいたいがな」

「ウチは来客を泊められるようなスペースはありません」

「同じベッドで構わないぞ」

「そういうわけにはいきません！　予備のホテルを押さえてあるんじゃないですか？」

「そっちにいまマスコミが張ってるんだ。せっかくダミーに張りついててくれてるのに、わざわざ顔を出してサービスするつもりはない」

　少しも譲ろうとしないレオナルドに嘆息する。

「……上司と相談したいので、電話をかけてもいいですか？」

「もちろん」

「では、失礼します」

　額に青筋が浮きそうになるのを堪《こら》えながら、慇懃《いんぎん》に返す。いちいち真に受けて反応していたら、こちらの体力が持たない。

（まったく……俺はマネージャーじゃないんだぞ……）

こうなったら、高篠に相談するしかないだろう。

本当ならレオナルドのマネージャーやコーディネーターに対応してもらうべきだと思うのだが、唯史は直通の電話番号を知らなかった。

レオナルドは自分で彼らに連絡《れんらく》する気はないようだし、唯史がどうにかするしかないのだ。

念のために携帯電話《けいたいでんわ》の番号を預かっておいたのだが、まさか本当にかけることになるとは。

（本当に出るのかな……）

普通《ふつう》に話すぶんには気後《きおく》れしなくても、電話となると少し勝手が違《ちが》う。緊張《きんちょう》しながら携帯を耳に押し当てていると、数コールであっさりと繋《つな》がった。

『高篠だ』

「社長、おはようございます。小田桐です」

『今日は会社を休ませるとレオナルドから連絡をもらっているが、何かあったか？』

「は？」

『何だ、聞いてなかったのか？』

驚《おどろ》いた唯史に対し、高篠も驚いている。いつの間にそんな連絡が来たのか問い質《ただ》したい気分ではあったが、いまはそんな話をしている場合ではない。

「連絡をさせていただいたのは、ご相談がありまして。いま、お時間よろしいですか？」

『相談？　何だ、云ってみろ』

「実は先程、ホテルのほうにレオナルドのファンと思《おぼ》しき女性が現れまして、できれば宿泊《しゆくはく》場所を変えたほうがいいと思うんです。この件に関しては我々に任せるとおっしゃっていて……」

『話はわかった。こちらでホテルを用意しておこう。関係者にも連絡をしておく』

高篠は快く請《う》け負ってくれる。

「ありがとうございます。よろしくお願いします」

『君たちはゆっくりデートを楽しんできてくれ』

「だから、デートなんかじゃありませんから!!」

いったい、レオナルドはどんなふうに高篠に話したのか。昨晩の一件までべらべらと喋《しゃべ》ってなければいいのだが……。

『ははは、それじゃあまたあとで』

「ちょっ…社長!?」

一方的に通話は切れてしまった。

（絶対に俺が困ってるのを楽しんでるな……）

好みを訊《き》かれたときにあんなふうに答えたことへの腹いせだろうか？

携帯を閉じて顔を上げると、見知った景色《けしき》が広がっていた。

「本当にどこに向かってるんですか？　いい加減教えて下さい」

「どこだと思う？」

「想像もつきませんよ……」

　レオナルドは唯史のイメージしていたハリウッドスターからは遠く離《はな》れており、行動パターンがさっぱり読めない。

（観光したいって云ってたし、浅草にでも行くつもりなのか？）

　そうこうしているうちに東京タワーが近づいてきていた。近くを通り過ぎるだけかと思いきや、どんどん近づいていっている。

「……って、まさか行きたかったのって東京タワーなんですか？」

「ああ。もう一度、上ってみたかったんだ」

　そう云って、車を左折させて坂の上の駐車場へと走らせる。

「いや、でも、騒《さわ》ぎになるからやめたほうがいいと思いますが…」

　どこへ行っても人込みはあるけれど、展望台となるとある種の密室だ。外国人観光客も多い場所だし、ハリウッドスターが来たら目立って仕方がない。騒ぎになったときに自分一人で対処できるだろうかと心配になる。

（昨日みたいな騒ぎにならなきゃいいんだが……）

　さすがにさっきのファンの女性はついてきていないだろうが、どこにああいった輩《やから》がいないとも限らない。

「大丈夫《だいじょうぶ》だ、心配するな」

「何を根拠《こんきょ》に……」

終始この調子で、レオナルドは少しも忠告を聞こうとはしなかった。

（やっぱり、マネージャーくらい呼んでもらうんだった……）

自分のできる範囲《はんい》のことはするつもりだが、ボディーガードまでは仕事の範疇《はんちゅう》じゃない。守ろうとして逆に守られてしまうような昨日の体《てい》たらくを思い返すと、不安が膨《ふく》らんでいった。

「ほら、行くぞ」

「あ……す、すみません」

唯史が考えごとをしているうちに先に降りていたようで、レオナルドが助手席のドアを開けてくれた。

（接待役の俺がエスコートされてどうすんだ）

そう反省しながら慌《あわ》てて車から降りる。

レオナルドは車の横に立った唯史を爪先《つまさき》から頭の先まで眺《なが》めると満足げに頷《うなず》いた。

「うん、やっぱり似合ってる。唯史は太陽の下にいるときのほうが魅力《みりょく》的だ」

「いきなり何云《い》い出すんですか」

突然《とつぜん》の褒《ほ》め言葉にドキリとする。昨日までは笑い飛ばせたはずなのに、今日はどうも勝手が違う。あまりに真剣《しんけん》に云われるせいで、軽く聞き流せなくなってしまったのだろうか？

「ネクタイはしないほうがいいな。いつもそうしていたらどうだ？」

「ノータイで仕事には行けません」

「オフのときに着ればいいじゃないか。普段《ふだん》はどんな格好してるんだ？」

「普通です。ほら、早く行きましょう！」

質問攻《ぜ》めから逃《のが》れるためにレオナルドを急《せ》かすと、笑い声が返ってきた。

「何だ、唯史も東京タワーに上りたかったんじゃないか」

「違います…っ」

レオナルドの前向きさには呆《あき》れを通り越《こ》して感心してしまう。どうしてこうも自分の都合のいいように解釈《かいしゃく》できるのだろうか。

早足で建物の入り口のほうに向かっていった唯史は、チケット売り場の前で足を止めた。他《ほか》にも観光客らしき人々が戸惑《とまど》った様子で立ち尽《つ》くしている。

(何かあったのか…？)

見ると窓口は閉まっており、臨時休業という札が下がっていた。併記《へいき》されている説明書きには、本日の営業は午後からとなっている。

「休み…？」

東京タワーは基本的に年中無休だったはずだ。急な点検でもすることになったのだろうか？

楽しみにしていたレオナルドはさぞがっかりしていることだろうと思っていたら、唯史を残して建物の中へと先に行ってしまう。

「あっ、ちょっと待って下さい！　まだ営業してないって書いてありますよ？　午後にならないと――」

慌てて追いかけた唯史は、直通エレベーター前に立っていた人物に目を丸くした。

（レオナルドのマネージャーが何でここに？……って、いないほうがおかしいんだよな）

唯史一人だけではレオナルドのガードには心許《こころもと》ないと思ったんだろう。

二人の様子を窺《うかが》っていたら、レオナルドはいくつか彼と言葉を交《か》わしたあと、嬉《うれ》しそうに口元を綻《ほころ》ばせた。そして、こちらを振《ふ》り返って自分に呼びかけてくる。

「唯史、行くぞ。時間がなくなるから早く行こう」

「あ、あの、どういうことなんですか？」

「展望台を貸し切りにしてもらった。小学校の遠足が入ってるらしくて午前中だけしか借りられなかったんだが、問題ないだろう？」

そう云いながら、唯史の手を引きエレベーターへと乗る。浮《う》かれた様子はまるで子供のようだった。

「貸し切りって……」

たしかに他に誰《だれ》もいなければ騒ぎにもならないし、トラブルも起こらない。だが、ただ上るためだけに展望台を貸し切るのはどうなんだ。

(感覚からして違《ちが》いすぎる……)

あれこれ云っても、もう仕方がない。いまは心配の種が一つ減ったことを喜んでおくべきだろう。エレベーターは上へ進んでいくに従って、中のライトの色が次々に変わっていく。

「彼は一緒《いっしょ》に来ないんですか?」

「エディのことか? 当然だろう、唯史と二人きりになるために借りたんだから。エディは子供の土産《みやげ》を買いたいそうだから気にするな」

「はあ…」

レオナルドのファンなら目を潤《うる》ませて感激しているかもしれないが、唯史としてはあまりに過剰《かじょう》な演出に引いてしまう。

こういう場所を借り切るにはそれ相応《そうおう》の金額が必要だったはずだ。レオナルドは自分のことを、湯水のように金を使ってやれば喜ぶとでも思ったのだろうか?

もしくは、彼にとってはこの程度のことは大した支出ではないのかもしれない。いくら彼が日本育ちとは云っても、やはり感覚はアメリカ的なものになっているのだろう。

ホテルのスイートルームでも当たり前のように過ごしていたことを思えば、普段から映画の中のようなセレブな生活を送っていてもおかしくない。

(しかし、いままでどういう相手とつき合ってきたんだ…?)

共演相手との熱愛報道は否定していたけれど、やはり一番接点が多いのは関係者だろう。スター同士の交際が過去にあったとしてもおかしくはない。

そのときふと、引っかかっていた疑問を思い出した。

「あ、そういえば、さっき『もう一度』って云ってましたけど、昔来たことがあるんですか？」

「日本に住んでた頃《ころ》にな」

「もしかして、初恋《はつこい》の相手と？」

「……まあな」

レオナルドは何かを懐《なつ》かしむような、それでいてどこか淋《さび》しげな表情を浮かべた。そんな横顔にドキリとしてしまう。

「その頃住んでいたマンションで同じ年頃《としごろ》の子供は俺たちしかいなくてね。だから、物心ついたときから二人で遊ぶことが多かったんだ」

「マンション住まいだったんですか？」

「ああ。ウチは母が働いていたから、夕方までその子の家で過ごさせてもらうことが多くて、そこのご両親にはとても世話になった」

「へえ、本当に普通《ふつう》の家の子だったんですね」

偏見《へんけん》かもしれないが、いまのレオナルドから想像すると白い洋館に住んでいそうなイメージがある。

「本当に懐かしいよ。でも、施設《しせつ》は昔より綺麗《きれい》になってる気がする。エレベーターも前はこんなふうに光らなかったよな？」

「たしか、何年か前に改装してリニューアルオープンしたってニュースを見た気がします」

エレベーターはあっという間に大展望台へと到着《とうちゃく》した。その後、もう一つのエレベーターを経由して、その上の特別展望台へと向かう。

案内してくれたスタッフにはエレベーターホールで待っていてくれるように頼《たの》んだから、二百五十メートルの高さにある特別展望台は本当に二人きりの空間だった。

雲一つない真っ青な空の下、おもちゃのように小さく見えるビル群の向こうに白い山頂が覗《のぞ》いている。

「晴れててよかったですね、今日は富士山までよく見えてますよ」

「ああ、まさにデート日和《びより》だな」

「観光日和の間違《まちが》いでしょう？」

冷ややかに返したけれど、レオナルドは軽く肩《かた》を竦《すく》めただけで動じた様子はなかった。

「そういう見解もあるかもな。しかし、思ってたより狭《せま》いな。ここの天井《てんじょう》、もっと高くなかったか？」

「あなたが大きくなりすぎたんじゃないですか？」

レオナルドの感想に笑いを誘《さそ》われる。子供のときとは体のサイズが違《ちが》うのだ。目線の高さだって変わっているのだから、狭く感じるのも当たり前だ。

「——唯史は来たことあるのか？」

「ええ、小さい頃に親に連れてきてもらったことが一度だけ」

「家族で来たのか？」

「たしか、母親と友達と一緒に。いつだったかとか記憶《きおく》はあやふやですけど、ここで大はしゃぎしてたことは覚えてます」

「友達？」

「隣《となり》に住んでた幼馴染《おさななじ》みです。もう顔も名前も忘れちゃいましたけど」

幼馴染みと共に建物を指さしながら望遠鏡を覗き合ったものだ。

『うわ、すげー！　あの動いてるのって車だよな？　アリの行列みてー』

『本当だ。すごいちっちゃいね』

『あれって富士山だよな？　あんな遠くまで見えるんだ！』

『ウチのマンション見えるかなぁ？』

『探してみようぜ！　ほら行くぞ！』

『ちょ、ちょっと待ってよ！　人がたくさんいる場所で走っちゃいけないんだよ!!』

俺を諫《いさ》める幼馴染みの手を引き、ぐるぐると展望台を何度も回ったことを思い出す。

（そういやあのあと、あんまりうるさく騒《さわ》ぎすぎたせいで母親に怒《おこ》られてげんこつを食らわされたんだっけ）

思い返すだけで痛みが蘇《よみがえ》ってくるような気がする。そんな思い出すら、いまのいままで一度も顧みることがなかったのは、彼との記憶を消し去りたかったからだ。

それでも、結局は忘れ去ることなどできなかった。彼の顔をはっきりと思い出すことはできないくせに、あのときの浮き立った気持ちはしっかりと心に刻み込まれている。

「なあ、唯史。あの建物は何だ？　あんなものあったか？」

黙《だま》って景色《けしき》を眺《なが》めていたレオナルドは、ふと大きなビルの一つを指さして訊《き》いてきた。

「ああ、あれは最近できた複合ビルです。上のほうがオフィスで下の階は色々なお店が入ってるんです」

この二十年近く経《た》った間にたくさんの高層ビルができていった。以前に見た景色とはだいぶ変わってしまっているはずだ。

「じゃあ、あの妙《みょう》な形のは？」

「テレビ局ですよ。映画の宣伝で行かなかったんですか？」

「あそこには行ってない。多分、スポンサーに入ってないんだろう。じゃあ、あれは何だ？」

「あれはええと——」

そうやって次々に投げかけられる質問に答えていく。

この歳になって東京タワーなんてと思っていたけれど、楽しそうにしているレオナルドを見ていたら、唯史もだんだん楽しくなってきた。

よく考えてみたら、こうして観光をするのは久しぶりだ。中学校に上がってからは家族と出かけることも減ったし、社会人になってからはそんな余裕《よゆう》も持てなかった。

「しかし、しばらく日本に来ていないうちに色々できたんだな。こんなに高いビルばかりだと俺の家があったところも見えなくなってるな」

レオナルドはまた表情を翳《かげ》らせた。その眼差《まなざ》しは景色ではなく、遠い記憶へと向けられているかのようだ。

「どの辺りに住んでたんですか？」

会話を弾《はず》ませれば気持ちも紛《まぎ》れるだろうと思って、質問を投げかける。

「ん？……そういや、どのへんだったかな」

「え、忘れたんですか？」

レオナルドの惚《とぼ》けた答えに拍子抜《ひょうしぬ》けする。

（まったく、いま残念そうに云《い》ってたのは何だったんだよ）

いい加減なことを云うのはいまに始まったことじゃないのだが、敢《あ》えて気に留《と》めるのもバカバカしい。

「そういえば、下が覗ける窓が床《ゆか》になかったか？」

「それは大展望台の下の階みたいですよ。見に行ってみますか？」

「ああ、そうだな」

特別展望台もあっという間に一周してしまったことだし、大展望台の一階にはカフェもあったはずだ。

再びエレベーターに乗り、大展望台フロアに降りていったところで携帯電話《けいたいでんわ》が鳴った。

きっと、高篠からホテルの件でかかってきたのだろうと思い、相手も確かめずに電話に出た唯史は聞こえてきた声に目を瞠《みは》った。

「はい、小田桐です」

『榛名です』

「え、翠？」

高篠に頼みごとをしたのだから、その秘書である榛名から連絡《れんらく》が来ても何らおかしなことはないのだが、意外に嫉妬《しっと》深そうな高篠が電話をかけさせるとは思ってなかったから驚《おどろ》いてしまったのだ。

『榛名、です。ホテルが手配できましたのでご連絡させていただきました。ロイヤルオリエントのスイートが空《あ》いておりましたので、そちらを一室押さえてあります』

榛名は自分を名前で呼び捨てにした唯史に強い口調で訂正《ていせい》してから、事務的に連絡事項《れんらくじこう》を告げてくる。こういう榛名のつれないところも嫌《きら》いじゃない。

「へえ、あそこのスイートがよく空いてたな。どうやったんだ？」

『その件に関しては私にはお答えしかねますので、社長にお聞き下さい。各所にも伝えてありますのでご安心下さい』

「色々ありがとう、助かったよ」

きっと、高篠のコネでどうにかしてくれたのだろう。やはり、彼に真っ先に相談して正解だったようだ。

『仕事ですから。荷物もこちらで移しておきました。社長が今後に関して話がしたいとのことですので、ホテルでお待ちしております。フロントで小田桐さんの名前をおっしゃっていただければ通じるようにしておきます』

「わかった。レオナルドに伝えるから、ちょっと待っててくれ」

携帯電話を手で押さえながら、前を歩くレオナルドに報告する。

「新しいホテルが取れたそうです。今日からそちらに移動してもらえますか？」

「わかった。ありがとう、将哉にもあとで礼を云っておかないとな」

「それと高篠があなたに話があるとのことですが……」

「話っていますぐにか？」

「いえ、ホテルの部屋で待っているとのことです」

「じゃあ、三時からにしてくれ。もう一ヶ所行きたいところができた」

「はい？」

突如《とつじょ》告げられた宣言に、眉《まゆ》を顰《ひそ》める。行きたいのは一ヶ所だけと云っていたのはどこの誰だ。

「もちろん、つき合ってくれるだろう？」

「……もちろんです」

榛名と電話が繋《つな》がっている状態では下手《へた》なことは口にできない。渋々《しぶしぶ》頷《うなず》き、再び電話の向こうの相手に話しかける。

「聞こえたか？　まだ行きたい場所があるんだそうだ。社長のスケジュールは大丈夫《だいじょうぶ》か？」

「調整します。それでは、三時にホテルでお待ちしています」

榛名との通話はあっさりと切れた。名残惜《なごりお》しく思いながら携帯電話をしまい、レオナルドのほうへ向き直る。

「……それで、東京タワーの次はどこに行きたいんですか？」

「動物園だ」

「は？」

「動物園にパンダを見に行くぞ」

「パ、パンダ……？」

何故《なぜ》動物園でパンダなのだろうと首を傾《かし》げる。

まさか、動物園まで借り切るつもりじゃないだろうなと心配になったけれど、妙に張り切っているレオナルドに訊《たず》ねることはできなかった。

動物園へ行ったあと、ホテルへ唯史の運転で向かっていた。これ以上、連れ回されるわけにはいかないと、無理矢理運転席に座ったのだ。

(疲《つか》れた……)

平日の動物園は閑散《かんさん》としていたので助かった。客の大半は遠足で来ているような幼稚園児《ようちえんじ》や小学生だったお陰《かげ》で、レオナルドの正体がバレることはなかった。ただ、子供たちに気さくに振《ふ》る舞《ま》うレオナルドを見るたびにハラハラしていたせいで疲れ果ててしまった。

対照的にレオナルドは大量に買い込んできた土産《みやげ》ものを抱《かか》えて上機嫌《じょうきげん》だ。さっきも、もぞもぞと動くパンダを見て子供のように喜んでいた。

「満足しましたか?」

「ああ、楽しかった。唯史も楽しかっただろう?」

「ええ、まあ」

動物たちを見て癒《いや》されないこともなかったが、それを上回る気苦労にぐったりしてしまった。

(暢気《のんき》なもんだよな……)

レオナルドが動物園に行きたがったのは、東京タワーに足を運んだ理由と同じだった。そこも以前に初恋《はつこい》の相手と共に訪れたらしい。

ガイドマップを手に順路を進みながら、滔々《とうとう》と思い出を語られた。楽しそうなのは結構だが、人の惚気話《のろけばなし》ほど聞いていて退屈《たいくつ》なものはない。

「唯史、本当に腹は減ってないのか？」

「ええ、しばらくは何も入りませんよ……」

無理矢理つき合わされて食べたクレープで、まだ胸焼けしている。

あんなに大量の生クリームを食べたのは久しぶりだ。子供の頃《ころ》ならぺろりと平らげていたはずだが、味覚もだいぶ変わってきているのだろう。

「あれ？　そういえばマネージャーさんはどうしたんですか？」

動物園の入り口まではついてきていたはずだが、気がついたら姿が見えなくなっていた。

「お使いに行ってもらってる。夜にはホテルに来るそうだ」

「仕事に関してならともかく、プライベートで彼を振り回すのはどうなんですか？」

「心配する必要はない。彼に頼《たの》んでいるのは公私にわたってのサポートだからな。それとも、エディに嫉妬《しっと》してるのか？」

「してません。ただ、わがままがすぎるんじゃないかと心配になっただけです」

嫉妬なんてするはずない。自分には、レオナルドのことで嫉妬する理由がないのだから。

（何かイラつく）

心がささくれ立っているのは、疲れているせいだろう。ゆっくりと一晩眠《ねむ》れれば、こんな苛《いら》立《だ》ちは治まるはずだ。

ホテルの車止めでキーを預け、フロントを探す。初めてくるホテルでフロントの場所がわからずにきょろきょろとしていると、ホテルスタッフに声をかけられた。

「いらっしゃいませ。本日はお泊《と》まりでしょうか？」

「ええ、予約が入ってるはずです。TAKASHINOの小田桐と申しますが――」

「小田桐唯史様ですね。お待ちしておりました。ただいま、お部屋までご案内致《いた》します」

「は、はい」

フロントに行くまでもなく、案内されてしまった。レオナルドが一緒《いっしょ》にいるせいなのはわかっているけれど、普通《ふつう》では経験できないようなVIP扱《あつか》いに狼狽《うろた》えてしまう。

（忘れかけてたけど、ハリウッドスターだもんな）

本人がいくら『らしくない』とは云《い》え、本当なら声をかけることのできないような人物だということを思い出す。そう考えると、いまこうして一緒にいることも不思議な感じだ。

「こちらのお部屋になります」

ホテルマンに案内された部屋のインターホンを押すと、榛名が出迎《でむか》えてくれた。リビングでは高篠が寛《くつろ》いだ様子で待っていた。

「おかえり、レオナルド。小田桐もお疲れさま」

「将哉。色々と手間をかけさせて悪かったな。いつか礼をする」

「いや、役に立てたのなら光栄だ。礼なら、ゲームソフトが発売されたときにたくさん宣伝してもらえると嬉《うれ》しいな」

「わかった、覚えておこう」

レオナルドがソファに腰《こし》を下ろすと、榛名がタイミングよくコーヒーを運んできた。

「小田桐さんもお座りになったらどうですか？」

「あ、ああ」

当たり前のようにレオナルドの隣《となり》に座るよう促《うなが》され、複雑な気分で腰を下ろす。

「とりあえず、この部屋を使ってくれ。何か不便があったら遠慮《えんりょ》なく云って欲しい」

「ここで充分《じゅうぶん》だよ。もっと狭《せま》い部屋でもいいんだがな」

室内を見回しながらそう云うレオナルドに、高篠が苦笑《くしょう》する。

「そうはいかないだろう。一般客《いっぱんきゃく》と同じ階だとセキュリティにも限界があるからな。ホテルの中では問題ないと思うが、外に出るときは充分注意してくれ」

「ああ、わかってる」

「しかし、大変だったな。人気商売だから仕方がないんだろうが……」

昨日のことも含《ふく》めて云っているのだろう。試写会の騒《さわ》ぎは、マスコミが入っていたこともあって、ワイドショーやインターネットのニュースでもたくさん流れていたようだ。

「大したことじゃない。ああいうファンはアメリカでもよくいるんだ」

「もう問題が起きないといいな。ボディーガードを増やしたりしないでいいのか？」

「人が多いと、逆に目立つだろう」

「君の存在が一番目を引くんだがな。まあ、目立たないように控《ひか》えておいてもらうこともできるが、どちらかというとレオナルドは小田桐と二人でいたいんだろう？」

「それもあるな」

高篠の言葉に、レオナルドはしれっと返す。人前でそういうことを涼《すず》しい顔で云わないでもらいたい。ツッコミを入れたかったけれど、上司の前だということもあって我慢《がまん》した。

「しばらくは様子を見るか。もし、また周囲を嗅《か》ぎ回るような人物が現れたら、私の別荘《べっそう》に移ってもらう」

「それは迷惑《めいわく》ではないのか？」

「迷惑だなんて思うわけないだろう？　戸建てのほうが気が楽だというなら、明日にでも移ってくれても構わない」

「心遣《こころづか》い感謝する。別荘というのはどこにあるんだ？　この近くなのか？」

レオナルドが自分から質問しているということは、高篠の別荘に興味があるということだろう。もしかしたら、ホテル暮らしに飽《あ》きてきているのかもしれない。

「そうだな……箱根だから、車で三時間くらいで着くよな？」

「はい、渋滞《じゅうたい》していなければそんなにかかりませんね」

高篠の問いかけに脇《わき》に控えていた榛名が答える。

「是非《ぜひ》使わせてもらいたいが、実はまだ、行きたいところがたくさんあるんだ。しばらくはここに滞在《たいざい》していることにするよ」

「まだあるんですか⁉」

黙《だま》って話を聞いていた唯史は、思わず声を上げてしまった。東京タワーと動物園だけでもかなり疲れたのに、これ以上どこへ行きたいというのだ。

そんな唯史の反応に、高篠は声を立てて笑う。

「小田桐はもう満足したみたいだな」

「えー、何て云うかその……」

高篠が前にいるというのに、レオナルドに対する態度が些《いささ》か気安すぎたかもしれない。しまったと後悔《こうかい》の念を抱《いだ》いている唯史に、高篠は楽しげに訊《き》いてきた。

「それでデートはどうだったんだ？　楽しめたか？」

「だから、デートじゃないって云ってるじゃないですか！」

唯史の苦情を無視して、レオナルドに問いかけている。

「レオナルドはどうだった？」

「とても楽しかった。ああいうデートは久しぶりにしたな」

デートではないと否定するのももう面倒《めんどう》だったため、放っておいた。ムキになればなるほど、高篠を楽しませるだけだ。

「いい雰囲気《ふんいき》になれたか？」

「もちろん。唯史も少しずつ心を開いてくれたと思う」

「開いてません！」

唯史は勝手なことを云うなと憤《いきどお》ったけれど、レオナルドは取り合わず自分の話を続ける。

「そうだ、将哉にも土産《みやげ》を買ってきたんだ。よかったら受け取ってくれ」

レオナルドはそう云って、脇に置いていた袋《ふくろ》の中からパンダのぬいぐるみを取り出し、高篠に差し出した。動物園のショップでも思ったけれど、何てぬいぐるみの似合わない風体だろう。

受け取った高篠も、やはり似合わない。

「ありがとう。東京タワーのあとは動物園に行ってたのか」

「ああ、将哉はああいうところには行かないのか？」

「もう何年も行ってないな。私も今度足を運んでみるよ」

高篠はそう云いながら、隣に立っている榛名に視線を送る。目が合った榛名は微《かす》かに頬《ほお》を染め、わざとらしく視線を外した。

そんなふうに親密な空気を漂《ただよ》わせている二人を見ていたら、唯史は無意識にため息をついてしまった。そんな自分に気づき、口の端《はし》だけで苦笑する。

(元々、この二人につけ入る隙《すき》なんてなかったんだよな…)

きっと、彼らは唯史が榛名と出会う前から惹《ひ》かれ合っていたのだろう。その間にあったいくつもの障害とすれ違《ちが》いが二人の距離《きょり》をなかなか縮めてくれなかったようだが、いまではすっかり長年連れ添《そ》ったおしどり夫婦のようになっている。

榛名に未練があるわけではないが、幸せそうな二人は正直羨《うらや》ましい。

(あーあ、俺にも美人で色っぽい恋人《こいびと》ができないかな……)

腰が細くて色白で、ついでに健気《けなげ》で一途《いちず》だともっといい。当面はそんな相手との出会いは期待できそうにないけれど。

そんなふうに考えていたら、不意にレオナルドの顔が浮《う》かんできた。

(何でこの顔が浮かぶんだ⁉)

確かに綺麗《きれい》な顔をしているし、色気もあると思うが、自分の好みとは方向性が違いすぎる。そもそも、自分より遥《はる》かに体格のいい男を抱きたいとは思わない。

唯史が頭の中の映像を必死に消していると、レオナルドが顔を覗《のぞ》き込んできた。

「唯史、どうかしたか？」

「い、いえ、別に何も…っ」

脳裏《のうり》を過《よ》ぎった顔が目の前に現れ、大きく心臓が跳《は》ねる。いま考えていたことを見透《みす》かされていたような気がして、目が泳いでしまった。

心が読まれることはないし、動揺《どうよう》する必要なんてどこにもないはずなのに、一度高鳴った鼓《こ》動《どう》はすぐには落ち着かない。

「本当に？」

「ほ、本当です」

レオナルドに伝えるべき事柄《ことがら》ではない。むしろ、恋人が欲しいなどと考えていたときに、レオナルドの顔が脳裏を過ぎったなどと知られたくない。

じっと見つめてくる視線の強さに負けじと睨《にら》み返していたら、高篠の咳払《せきばら》いが聞こえてきた。

「見つめ合うのは、我々がいないところでやってもらえないか？」

「み、見つめ合ってるわけじゃありません！」

「照れなくてもいいだろう」

「誰も照れてません」

きっぱりと否定しつつも、不安が込み上げてきた。

純粋《じゅんすい》にレオナルドの応援《おうえん》をしているのか、唯史が困る様子を見て楽しんでいるのかわからないけれど、こうも煽《あお》られると不信感を抱いてしまう。

いったい、高篠は自分たちのことをどこまで知っているのだろうか？　昨夜のことは知られていないと思いたい。レオナルドが余計なことを云《い》っていないといいのだが。

そう心の中で祈《いの》っていると、控えめな榛名の声が聞こえてきた。

「社長、そろそろお暇《いとま》しませんと。会議の時間に遅れてしまいます」

「もうそんな時間か？　仕方ない、そろそろ戻《もど》るか」

高篠は残念そうに肩《かた》を竦《すく》め、残っていたコーヒーを飲み干した。

「将哉、もう帰るのか？」

「ああ、すまない。時間切れのようだ。小田桐、あとは頼《たの》む」

「はい、お任せ下さい」

正直、もうお役ご免《めん》になりたかったけれど、自社の社長に頼むと云われたら嫌《いや》とは云えるわけがない。一応、姿勢を正して頭を下げる。

「悪いな、レオナルド。慌《あわ》ただしくて」

「気にしないでくれ。迷惑をかけたのはこちらのほうだからな」

「それじゃあ、失礼するよ。ああ、見送りはいいからゆっくりしていなさい」

「あ、はい、あの、お疲《つか》れさまでした」

高篠は立ち上がろうとした唯史を制止し、小脇《こわき》にパンダのぬいぐるみを抱《かか》えたまま、榛名と連れ立って部屋をあとにした。

「…………」

高篠たちが帰り、部屋には唯史とレオナルドの二人だけが残される。急に訪れた沈黙《ちんもく》がいたたまれない。

（くそ、さっきより緊張《きんちょう》する……）

観光している間はレオナルドに対して緊張感を覚えることはなかった。

だが、いまは高篠に散々煽られたせいで、必要以上にレオナルドを意識してしまう。当のレオナルドは二人きりになった途端《とたん》、不機嫌《ふきげん》な顔つきになった。

「彼は君の好みそのものだな」

「え？」

「綺麗な黒髪《くろかみ》で細身の美人——彼にぴったり当てはまる」

「……っ」

きっと、さっき唯史が榛名を見ながらため息をついていたのを見逃《みのが》さなかったのだろう。そんな些細《ささい》なことさえ目敏《めざと》く見られていたことが気恥《きは》ずかしい。

唯史としてはあまり触《ふ》れて欲しくない話題のため、素っ気なく返した。

「だったら、どうだって云うんですか」

「あの秘書は諦《あきら》めたほうがいい。どう見たって将哉と関係しているのが見え見えだ」

「……そんなことわかってます」

すでに玉砕《ぎょくさい》しているのだから、傷口に塩を塗《ぬ》り込むようなことを云わないでもらいたい。榛名に未練はないけれど、改めて人に云われると落ち込む。そうやって肩を落としていたら、レオナルドが真顔で迫《せま》ってきた。

「恋愛《れんあい》するなら俺にしておけ。俺なら唯史にそんな顔はさせない。失恋《しつれん》の傷は新たな恋《こい》で癒《いや》すのが一番だって云うだろう？」

「だから、俺の好みは――」

「彼みたいなタイプだってことはわかってる。だが、たまには違《ちが》うものを試《ため》してみるのもいいと思わないか？」

「あ…あんまり思いませんけど……」

その言葉は真実だ。だが、認めたくはないけれど、唯史の中にほんの少し迷いがあるのも事実だった。口籠《くちご》もってしまうのが、その証拠《しょうこ》だろう。

「でも、俺のことは嫌《きら》いじゃないだろう？」

「う……」

嫌いだと云えれば、こんなに困ることもない。唯史を散々振《ふ》り回し、騙《だま》し討《う》ちのような状《じょう》況《きょう》で無理矢理抱《だ》いた相手だというのに、何故《なぜ》か憎《にく》みきれないのだ。

(絆《ほだ》されてどうする！)

自分を叱咤《しった》するけれど、迷いを捨てきれない。揺《ゆ》らいでいる心に気づいてしまった以上、自分を偽《いつわ》ることはできなかった。

「唯史、どうして俺じゃダメなんだ？」

「どうしてって——だ、だいたい、俺のどこが好きなんですか？　一目惚《ひとめぼ》れって云ってましたけど、顔だけとか云うつもりじゃないでしょうね？」

黙《だま》っているばかりでは埒《らち》が明かない。この際だからと疑問に思っていたことをぶつけてみる。

「そうだな。もちろん顔も好きだけど、真面目《まじめ》で責任感が強いところも好きだし、見栄《みえ》張りなところとか、意外に涙脆《なみだもろ》いところも可愛《かわい》いと思う」

「そ…っ、そういうこと臆面《おくめん》もなく云うな！」

すらすらと出てくる褒《ほ》め言葉に顔が熱くなる。そんなふうに見られているのかと思ったら、どうしようもなく恥《は》ずかしくなった。

「云えって云ったのはそっちだろう」

照れて文句を云う唯史をレオナルドが笑う。その笑顔《えがお》に何故か胸が苦しくなる。

(何なんだよ、もう……)

こんなに自分の気持ちがわからないのは初めてだ。どう考えたってレオナルドは好みではないし、守備範囲《しゅびはんい》外だ。強引《ごういん》なところはあるけれど、基本的には親切で気さくで、一緒《いっしょ》にいて気まずさを覚えるようなタイプではない。

友人になってくれと云われたら、一も二もなく「喜んで」と云うことができただろう。しかし、彼が望んでいる関係は恋人《こいびと》だ。やはり、どう考えても無理がある。

唯史は困り果て、頭を抱えた。

「何で俺なんだよ……。初恋《はつこい》の相手はもうどうでもいいのか？」

「それは――」

ふと零《こぼ》した言葉に初めてレオナルドは声を詰《つ》まらせた。顔を見てみると、表情を強張《こわば》らせていた。口籠もる様子に、唯史は何故か苛《いら》立《だ》ちに似た気持ちになる。

(何なんだ、このもやもやした気持ちは……)

それが何なのか、唯史は知っているような気がした。けれど、いまはその不快感の正体を知りたくなかった。

どうしていいかわからず、思わず立ち上がる。そして、いきなり宣言した。

「会社に行ってきます！」

「いまからか？　将哉はゆっくりしてろと云ってたじゃないか」

「色々と仕事が溜《た》まってるんです。少しずつ片づけておかないと、あとが大変ですから」

驚《おどろ》いた様子のレオナルドに云い訳する。告げたことは事実だったが、会社に行きたい一番の理由はレオナルドから離《はな》れて気持ちの整理をしたいからだった。

「そうか、それなら仕方ないな」

残念そうにため息をつくレオナルドに、ふと心配事が浮《う》かぶ。自分がいない間に遊び歩かれ、トラブルを起こされでもしたら大変だ。

昼間ならともかく、夜は本当に心配だ。昨夜の発言を考えると、素性《すじょう》のわからない人間を引っかけてこないとも云いきれない。

「俺が戻ってくるまで、あなたは大人《おとな》しくこの部屋にいて下さい。お願いですから、絶対に出歩かないで下さいね」

真顔でキツく念を押すと、レオナルドは笑って返してきた。

「わかった、わかった。唯史がここに帰ってきてくれるなら待ってるよ」

唯史はレオナルドと一緒に夕食を摂《と》る約束をして、ホテルを出た。一度自宅で着替《きが》え、念のため翌日の着替えを持って会社へと向かった。

いくつか同僚《どうりょう》に肩代《かたが》わりしてもらったけれど、細かな仕事は少なくない。特命だと云《い》えば会社に来なくても問題ないだろうが、あとで仕事が山積みになって苦労するのは自分だ。少しずつでもいいから片づけておかなければ、地獄《じごく》を見るはめになってしまう。

この際だからと、外回りばかりで先送りにしていた書類に手をつけることにした。

「小田桐さん。まだ帰られないんですか？」

「え？　これが片づいたらな……うお、もうこんな時間かよ!?」

夕刻から一心不乱にパソコンに向かっていた唯史は、不意の呼びかけに顔を上げた。夢中になっていたせいで、時間がかなり経《た》っていることに気づかなかったようだ。

「もうって、みんな帰ってしまいましたよ」

「終わらないんだから仕方ないだろう。つーか、何で榛名がこんなとこにいるんだ？」

声をかけてきたのが思わぬ人物だったため驚いた。辺りを見回すとさっきまで残っていた同僚の姿もいまはなく、フロアの明かりも半分落とされてしまっている。

「あなたの様子を見に来たんです。そんなにのんびりしててよろしいんですか？　心配したレオナルドから電話が来ましたよ」

榛名がわざわざ自分のところに顔を出すなんて珍《めずら》しいと思ったら、そういう理由だったのか。少しガッカリしてしまう。

「のんびりしてるわけじゃねぇって。書類が溜まってるんだよ」

「さっさとすませて、早くホテルに戻《もど》ってあげて下さいね」

それだけ云って立ち去ろうとする榛名を呼び止める。

「あ、榛名、このあと暇《ひま》か？　ちょっと飲み行かね？」

「暇ではありません。それにレオナルドが待っているでしょう」

「ちょっとくらいなら大丈夫《だいじょうぶ》だろ。昼間、散々つき合ったし。そこの自販機《じはんき》でいいから少しつき合えよ。コーヒー奢《おご》るからさ」

少しくらいは大丈夫だろう。とにかく、いまの状況を誰《だれ》かに愚痴《ぐち》を云いたい気分だった。だけど、ただの同僚に話せる内容ではない。それなりに事情をわかっていて、砕《くだ》けた話をしてもいい相手――そう考えると、該当《がいとう》するのは榛名しかいなかった。

「……わかったよ。ただし、十五分だけだからな」

拝《おが》み倒《たお》すと、榛名は渋々《しぶしぶ》了承《りょうしょう》してくれた。口調が変わったのは、友人として時間を作ってくれるということだろう。

唯史は手早くファイルを保存し、パソコンの電源を落とす。荷物をまとめて、自動販売機《じどうはんばいき》の置かれている休憩《きゅうけい》コーナーへと向かった。

「砂糖とミルクは？」

「ミルクだけ」

「わかった。俺は砂糖も入れとくか……」

休みなくパソコンに向かっていたせいで、脳が糖分を欲しがっているような気がする。このコーヒーのメーカーはインスタントの割りには美味《おい》しいので気に入っている。

自動販売機のボタンを押しながら、ふと昨日のことを思い出した。

（……あのとき、どうして驚いたんだろう？）

砂糖もミルクもそれぞれの嗜好《しこう》によって様々だと思うのだが、レオナルドはブラックコーヒーを飲む唯史に驚いていた。いま考えてみると、抱いていたイメージと合わないという理由であそこまで大きな反応をするとは思えない。

「考えてもわからないもんはわからないよな」

「え?」

「いや、こっちの話だ。ほら、熱いから気をつけろよ」

独り言をごまかしながら、コーヒーが満たされた紙コップを渡《わた》す。

「さんきゅ。——それで、何を愚痴りたいんだ? 不満でもあるのか?」

榛名は一口コーヒーを啜《すす》ってから、水を向けてくる。唯史の鬱屈《うっくつ》を見抜《みぬ》いていたからこそ、コーヒーにつき合ってくれたのだろう。

唯史は自分の気持ちを表す言葉を慎重《しんちょう》に探した。

「不満、はないと思う。あいつと一緒にいることが嫌《いや》なわけじゃないし。ズレてるところはあるけど、非常識ではないし……ただ、よくわかんねぇんだよな」

自分でもはっきりしない言葉に苛々《いらいら》する。どう云えば、自分の中にあるものを的確に伝えることができるのだろう。

「わからない?」

「あいつの本心とか……あと、自分の気持ちとか……」

「——」

迷いながら告げた唯史に、榛名は目を丸くした。

「何だよ、その顔は」

「いや、本気で悩《なや》んでるんだなって……」

「当たり前だ。俺は真面目《まじめ》に云ってるんだぞ。マジでどうしたらいいかわかんねぇんだよ」

ぐびりと甘いコーヒーを飲むと、じんわりと糖分が全身に染《し》み渡っていくような気がして少しだけ疲《つか》れが解《ほぐ》れる。

「それは口説かれて、迷ってるってことか？」

「迷ってるのかどうかもわからない」

レオナルドに好きだと云われて、まず初めに思うのは『困った』ということだった。だけど、『迷惑《めいわく》』とまでは思っていないのは、少なからず彼に対して好感を抱《いだ》いているからだろう。

騙《だま》し討《う》ちのような形で抱かれたことには腹を立てている。それでも、許せないほどではない。自分の中にある矛盾《むじゅん》に混乱しているのだ。

「……すまない、俺には上手《うま》い言葉が浮かばない」

しばらく黙《だま》っていた榛名は、申し訳なさそうにそう告げた。呆《あき》れていたわけではなく、真剣《しんけん》に考えてくれていたようだ。その心遣《こころづか》いが嬉《うれ》しかった。

「いいって。俺も誰かに話して気持ちを整理したいだけなんだろうし。全然好みじゃないし、ムカつくときもあるけど、どうしてか嫌《きら》いになれないんだよな」

「じゃあ、好きだってことなんじゃないのか？」

単純に答えを導き出せればいいのだが、引っかかっていることがいくつもある。

「あいつがもう少し小柄《こがら》で金髪《きんぱつ》じゃなくてタチじゃなけりゃ、前向きに考えてもいいんだけどなぁ……」

好意が恋愛《れんあい》感情とは違《ちが》うものだとしても、つき合っているうちに変わっていくかもしれないじゃないか——もし自分が相談される立場だったら、そう云うだろう。

だが、当事者である唯史にとっては、そんなふうに割り切ることはできなかった。

彼に抱かれたことは自分の本意ではないはずだ。

しかし、本気で拒《こば》めなかったことも事実だ。好きなのか、積極的に迫《せま》られて流されているだけなのか……こんなことで悩む自分自身が理解できなかった。

(だいたい、俺はタチなんだよ!)

どんな相手だって、抱かれたいという願望を抱くことはない。といっても、レオナルドを抱きたいとも思わない。仕返しはしてやりたいが、それは欲望とはまた違う。

「タチ云々《うんぬん》はともかく、何で金髪が嫌なんだ?」

「嫌な思い出があるんだよ。ああもう、何で俺はこんなに悩んでるんだ!」

苛立《いらだ》ちの遣《や》り場がなく、がしがしと頭を掻《か》く。

「別にすぐに答えを出さなくてもいいんじゃないか? いまは『わからない』ってことがわかってるんだから」

わからないままでいいというのは、目から鱗《うろこ》が落ちた気分だった。だが、感動したと云うのも気恥《きは》ずかしく、つい混ぜっ返してしまう。

「でも、はっきりしないことって何か嫌なんだよな〜」

「贅沢《ぜいたく》云うな。悩めるだけ悩んどけ。また切羽詰《せっぱつ》まったら愚痴を聞いてやるから。嫌なことまでしろって云ってるわけじゃないんだから、無理だと思ったら相談してくれればいいから」

「落ち込んでたら、慰《なぐさ》めてくれるのか？」

「ばーか、甘えるなよ。あ、悪い、そろそろ戻らないと」

腕時計《うでどけい》に目をやった榛名は急に仕事モードの顔になる。

「……ありがとな」

「このくらいで礼なんか云うな、気持ち悪い」

「気持ち悪いってひでーな」

軽口のやり取りで、少し気分が浮上《ふじょう》したような気がする。現状は少しも変わっていないけれど、榛名に話をしてよかったと思う。

「それじゃあな。まっすぐホテルに戻るんだぞ」

「わかってるよ」

唯史は榛名の背中を見送り、紙コップの中の冷めたコーヒーを飲み干す。そして、

「さて、と。俺も行くか」

明かりを消し、ようやく帰途《きと》に就《つ》いた。

4

「おかえりなさいませ、小田桐様」

ホテルへ一歩足を踏《ふ》み入れると、にこやかな笑顔《えがお》を向けられた。

「こんばんは」

しょっちゅう来ているせいで、ホテルのスタッフとも顔見知りになってしまった。いまは一日おきに通ってきている。

毎日観光につき合うのはキツいと零《こぼ》したら、話し合いの結果、一日おきにレオナルドの許《もと》に通うことになったのだ。

拝《おが》み倒《たお》して日曜日は休みにしてもらったから、月水金がその日に当てられている。代わりに、その日は丸一日傍《そば》にいるという約束になったわけだ。

朝から出かけるのに不便だからと、前日はホテルに泊《と》まるようにしている。もしかしたら、また体を狙《ねら》われるかもしれないという危惧《きぐ》を抱いていたけれど、いまのところそういった気配は一切《いっさい》なく、どちらかと云えば早寝《はやね》早起きという健康的な生活だ。

というわけで、いまは一日おきに会社に行き、そして、レオナルドと一緒《いっしょ》にいる日は彼のわがままにつき合う——そんな日々を送っている。

昨日のレオナルドのわがままは「ホットケーキが食べたい」だった。どこかの店に食べに行きたいのかと思ったら、部屋に備えつけてあるキッチンで作ると云い出したのだ。

(何が悲しくてロイヤルスイートにスーパーの袋《ふくろ》を提《さ》げて戻《もど》らなきゃならないんだ……)

一流シェフを呼ぶべき場所でホットケーキを作るなんて、滑稽《こっけい》にもほどがある。嫌がらせなのかと思ったが、レオナルドは本当に楽しそうだった。

レオナルドが材料を混ぜ、唯史がそれをフライパンで焼いた。ちなみにホットケーキの出来は七十点くらいだっただろうか。ちょっと焦《こ》げてしまったが充分《じゅうぶん》おいしかったし、久々の味覚は懐《なつ》かしかった。

その一連のことも、『初恋《はつこい》の相手』との思い出の一つらしい。二人で留守番しているときに食べるものを見つけることができず、ホットケーキを作ることにしたのだそうだ。

もちろん、様々なところへも連れて行かれた。遊園地や水族館、シーズンオフの海岸など、どれもこれも思い出の場所だった。

(つーか、何でその思い出を振《ふ》り返ることに俺がつき合わなくちゃいけないんだ)

初恋の相手との思い出を切なげに語るくせに、唯史のことも口説いてくる。共に過ごせば過ごすほど、レオナルドの真意がさらにわからなくなっていった。

そういう話をすれば、唯史が絆《ほだ》されるとでも思っているのだろうか？　それとも、ただの無神経なのか。

（別にわかりたいわけじゃないけどさ）

自分への優《やさ》しさや甘い言葉はどれほどの重みを持っているのか、それが量りきれない。口説かれる気は一切ないのだから気に留める必要はないはずなのに、唯史はだんだんとそのことに苛立ちを覚えるようになっていた。

（……他人の惚気話《のろけ》ほどウザいものはないよな……）

ホテルのロビーを横切り、使い慣れてしまったエレベーターに乗り込んだ。

操作盤《ばん》の挿入《そうにゅう》口に持ち歩かされているカードキーを差し込むと、エグゼクティブフロアのボタンが押せるようになる。

初めは気後《きおく》れしていたスイートルームも、二週間も過ごせば慣れざるを得なかった。

「金銭感覚がおかしくなりそうだ」

慣れてきたとは云え、落ち着けないことは変わりない。やはり、1LDKの自宅が一番ほっとできる。

疲《つか》れが溜《た》まり凝《こ》り固まった肩《かた》を回していると、レオナルドから電話がかかってきた。預けられている衛星電話をカバンの中から探し出し、通話をオンにする。

「はい、小田桐です」

『いま、どこだ？』

「エレベーターの中です。すぐに部屋に着きますよ」

『そのまま最上階のバーに来い。いま、そこで飲んでるんだ。一緒に夜景でもどうだ？』

レオナルドが名乗ることなく用件を告げてくるのも、思いつきで行動するのもいつものことだ。もう慣れてしまって、驚《おどろ》くこともない。

「バーですね。わかりました、すぐ向かいます」

バーのある階のボタンを押し直してしばらくすると、客室がある階とは違《ちが》った雰囲気《ふんいき》のフロアでドアが開いた。案内によれば、バーはこの先にあるらしい。

「ここか？」

店の入り口から中を覗《のぞ》くと、レオナルドはカウンター席に座ってグラスを傾《かたむ》けていた。カッコつけているわけではないのだろうが、それだけで様になっている。

「お一人様ですか？」

「いえ、待ち合わせで——あれ？　もしかして、佑耶《ゆうや》？」

「小田桐さん…？」

「うわ、偶然《ぐうぜん》だな。ここで働いてたのか」

バーテンダーの顔を見て驚き、そして、懐かしさから口元を綻《ほころ》ばせる。

佑耶は数年前に短期間だけつき合いのあった相手だ。彼とは険悪になって別れたわけではなく、お互《たが》い恋人《こいびと》に求めるものが違ったため、話し合って友人へ戻ったのだ。

その後、唯史が大阪へと転勤になったため連絡《れんらく》が途絶《とだ》えていたのだが、こんな場所で昔の恋人に再会するとは思いもしなかった。

「お久しぶりです。お元気そうですね」

「ああ、佑耶もな。バーテンの仕事、続けてたんだな」

「ええ、昨年からこちらで働かせてもらってます。これでも少しは名前が売れてきたんですよ」

「そうか、がんばってるんだ。お前の作るカクテルは美味《うま》かったもんな。試飲させられて、よく先に潰《つぶ》されてたっけ」

「そんなこともありましたね。小田桐さん、お酒あんまり強くないのに、見栄《みえ》張ってたくさん飲むからいけないんですよ」

「少しくらい役に立ちたかったんだよ」

佑耶は学生の頃《ころ》、小さなバーでバーテンダーのバイトをしていたのだが、卒業後は一般企業《いっぱんきぎょう》に就職せずに専門職の道へと進んだようだ。

こんな大きなホテルのバーで働いているということは、本人の云うように実力が認められたということだろう。友人の活躍《かつやく》は純粋《じゅんすい》に嬉《うれ》しかった。

「小田桐さんは今日はこちらにお泊まりですか？」

「うん、まあ、泊まりと云えば泊まりかな。仕事の一環《いっかん》っていうか……」

変則的な接待なわけだが、説明が難しい。どうやって話したらいいものかと考えていたら、カウンターで飲んでいたレオナルドがこちらに気づいて近づいてきた。

（ますます説明しづらくなった……）

きっと、レオナルドのことはＶＩＰとして佑耶にも伝えられているだろう。そのレオナルドと待ち合わせしていたとなると、余計にややこしくなってしまう。

「どうしたんだ、唯史？」

「あ、いや、偶然昔の知り合いに会ったものですから」

「知り合い……？」

「待たせてすみません、思い出話に花が咲《さ》いちゃって」

唯史の言葉に、レオナルドが佑耶へと目を向ける。佑耶はプロの顔になり、静かな動作で頭を下げた。

「お引き止めしてしまって申し訳ありません。大変失礼致《いた》しました。窓際《まどぎわ》のお席を用意してございますので、こちらへどうぞ」

佑耶が席に案内しようとすると、レオナルドは何故《なぜ》か硬《かた》い声でそれを断ってきた。

「いや、もう結構だ。部屋に戻る」

「は？」

突然《とつぜん》の宣言に、唯史は面食《めんく》らった。

レオナルドの気まぐれは珍《めずら》しくないけれど、今日はいつもとは違うような気がした。何より、さっきの電話の声よりも不機嫌《ふきげん》になっている。

「部屋に戻ると云《い》ったんだ。行くぞ、唯史」

「ちょ、ちょっ……バーに来いって云ったのはあなたでしょう！」

「そんな気分じゃなくなった」

投げやりな言葉に呆《あき》れつつも、レオナルドに逆らうことはできない。

「申し訳ありません、何か失礼致しましたでしょうか…？」

佑耶もレオナルドの発言に顔色を変えている。ＶＩＰの機嫌を損《そこ》ねたとなったら大問題だ。

「何でもない、大丈夫《だいじょうぶ》だから。悪い、佑耶。また来るな」

痛いほど強く手首を掴《つか》まれ、強引《ごういん》に引っ張られる。そして、無言のまま廊下《ろうか》を部屋へと連れて行かれた。

唯史はバーの入り口から死角の位置に来たところで苦情を云う。

「どうしたんですか、いきなり！」

「…………」

「黙《だま》ってたってわかりません。何が気にくわなかったんですか？」

重ねて問いかけても、レオナルドは何も答えなかった。仕方なく、唯史も黙り込む。ムキになるのはバカバカしい。

部屋に着いてもレオナルドは手を離《はな》そうとはしなかった。

「いい加減離して下さいっ」

摑まれていた手を振り解いて逃《のが》れようとしたけれど、今度は壁際《かべぎわ》に追い詰《つ》められてしまった。レオナルドがいつになく苛立《いらだ》っているのを感じながら、気圧《けお》されていると思われたくなくて睨《にら》み返す。

「……あのバーテン、細身で小綺麗《こぎれい》な顔をしていたな。やっぱり、ああいうのが好みか？」

「……っ！　な…にを云ってるんですか？」

レオナルドの指摘《してき》にギクリとする。たったあれだけのやり取りを見たくらいで、何を見抜《みぬ》いたというのだろうか？

とりあえず、レオナルドの問いかけの真意がわからなかったため、明確な答えを避《さ》けて問いで返した。

「惚《とぼ》けなくてもいい。彼とつき合っていたんだろう？」

「だったら、何だって云うんですか？」

詰《なじ》るように云われ、カチンと来る。

「子供の頃のことは忘れてるくせに、別れた恋人のことは覚えてるんだな」

レオナルドは口の端《はし》を持ち上げて皮肉な笑いを浮かべる。

「は？　いったい何が云いたいんですか…？」

「そんなこと自分で考えろ」

「考えてわかるわけないじゃないですか。もうどいて下さい」

彼が何を自分に求めているのかわからないが、これ以上つき合ってられない。

「どこに行く気だ？」

「どこだっていいじゃないですか」

プライベートを探《さぐ》られるような問いが不愉快《ふゆかい》で、吐《は》き捨てるように返す。案の定、レオナルドはさらに表情を引きつらせた。

「ここを出たら、あのバーテンでも誘《さそ》いに行くのか？」

下世話な勘《かん》ぐりにカッとして、声を荒《あら》らげる。

「だったらどうだって云うんですか！　俺が何しようがあなたには関係ないでしょう!?」

「行かせない」

「ふざけんな！　あんたにそんなこと云われる筋合いは――んぅ、んん」

突然の乱暴なキスに呼吸ごと唇《くちびる》を奪《うば》われる。肉厚な舌が捩《ね》じ込まれ、口腔《こうこう》の中で傍若無人《ぼうじゃくぶじん》に蠢《うごめ》いた。搦《から》め捕《と》られた舌は甘く痺《しび》れ、溢《あふ》れてくる唾液《だえき》が口の端から溢れ出す。

レオナルドの体を押し返そうとしていた手には力が入らず、白いシャツに縋《すが》ることしかできなかった。

「……っは、あんたなぁ…っ」

唇が離れていくと同時に濡《ぬ》れた唇を手の甲《こう》で拭《ぬぐ》う。

「どうして俺じゃダメなんだ？　俺の何が気に食わない？」

「いい加減にしろよ！　あんたなんて絶対に好きにならないって云ってるだろう！」

詰め寄ってくるレオナルドに、思わず声を荒らげてしまった。

「……っ」

一瞬《いっしゅん》浮かんだ傷ついた表情に罪悪感を覚えたけれど、もうあとには引けない。レオナルドの次の行動が読めず、全身の神経を張り詰めさせていたら前置きもなく抱《かか》え上げられた。

「おい、下ろせよ！　下ろせって!!」

レオナルドの強靭《きょうじん》な肉体は唯史が全力で殴《なぐ》りつけたところでびくともしない。抱え上げられて運ばれた寝室《しんしつ》で、ベッドの上に放るようにして投げ出された。

「うわ…っ、ちょ、待っ……」

体勢を整える暇《ひま》もなく、重たい体がのしかかってくる。そして、両腕《りょううで》を頭の上でまとめて押さえつけられ、強引に引き抜《ぬ》かれたネクタイで手首を縛《しば》り上げられた。

「何なんだよ、わけわかんねーよ！」

「相手をしてくれる約束だろう？　二週間も我慢《がまん》してやったんだ。そのぶんサービスしてもらわないとな」

「そのサービスとやらがこれか？　こういう趣味《しゅみ》があったとはな」

挑発《ちょうはつ》することになるとわかっていても、黙っていることはできなかった。

「黙ってろ」

「大人《おとな》しいのが好きなら余所《よそ》を当たれよ」

この間は外で問題を起こして欲しくなくて条件を飲んだけれど、もう面倒《めんどう》を見きれない。いま彼がしていることは、ただの暴力だ。

「そんな口をきいていいと思ってるのか？」

「知るかよッ――――っくそ」

レオナルドの体が僅《わず》かに離れた隙《すき》を狙《ねら》って、その体を蹴《け》り飛ばそうとしたけれど、足を掴まれ逆に自由を奪われてしまう。そのまま体を裏返され、抵抗《ていこう》の術《すべ》がほとんどなくなった。

「俺に力で敵うと思ってるのか？」

抵抗ができないからといって従順になるつもりはない。体を動かせない代わりに声を張った。

「離せ…っ、ざけんなてめぇ……っ」

腰《こし》に腕《うで》を回され、体が僅かに浮《う》き上がったかと思ったら、ベルトを緩《ゆる》められズボンを引き下ろされる。じたばたともがいたけれど、次いで下着も押し下げられてしまう。

「レオナルド！　自分が何してるかわかってんのか⁉」

「絶対に好きにならないんだろう？　だったら、何をしたって同じだ」

自嘲《じちょう》の混じった声音《こわね》に本気を感じ、ぞくりと背筋に震《ふる》えが走る。息を呑《の》んだ瞬間《しゅんかん》、前に伸《の》びてきた手に性器を握《にぎ》り込まれた。

「い……っ、あ、やめ……っ」

レオナルドは一度キツく締《し》めつけたあと、強く擦《こす》ってきた。痛覚ギリギリの快感に上擦った声が零《こぼ》れてしまう。急所を握られているという事実が、唯史を抗《あらが》いきれずにいさせていた。拒《こば》みたいのに拒めない。相反する心と体に揺《ゆ》れ動いている間も強引な愛撫《あいぶ》は続く。括《くび》れをくすぐられ、先端《せんたん》を引っ掻《か》かれると下腹部が熱く疼《うず》いた。

「はな…せ……っ、あ、は……っ」

「気持ちいいんだろう？　抱《だ》かれるのは嫌《いや》だと云っていたが、適性があるんじゃないのか？」

耳殻《じかく》を後ろからねっとりと舐《な》め上げられながら、吐息《といき》交じりに囁《ささや》かれた。

「うるさい…っ、んっ、んぁ…っ」

腰を引き寄せられ、硬《かた》くなった部分を擦りつけられる。レオナルドの欲望を感じた瞬間、体温が一気に上がったような気がした。

呼吸が乱れ、漏《も》れ出る声に色がついていく。甘ったるく喘《あえ》ぐなんて柄《がら》じゃないと思っていても、無意識の反応は意志の力で抑《おさ》え込むことはできなかった。

「あぅ、く、ぅん……っ」

「ほら、わかるだろう？　もう濡れてきた」

「ん…っ、や、あ！」

根本の膨《ふく》らみを揉《も》まれると、勝手に腰が揺れる。

裏側をなぞり上げられたあと、潤《うる》んだ先端をぐりぐりと指で抉《えぐ》られ、高い声が上がった。とくに敏感《びんかん》な場所への刺激《しげき》に、腰がびくびくと跳《は》ねてしまう。

「はっ…、ぁ、く……っ」

「一度イッておくか？　ずっとこのままは辛《つら》いだろう？」

「や…っ、やめ……っあぁ」

「本当に唯史は素直《すなお》じゃないな。やめて欲しかったら、こんなにしてないだろう？」

レオナルドは低く笑いながら、唯史の昂《たか》ぶりの形を知らしめるように全体を撫《な》でてきた。芯《しん》を持ち、上向きになったそれは大きな手の中で時折小刻みに震える。

「イカせて下さいって云《い》ってみろよ」

「……っ、誰《だれ》、が……っ」

もう後戻《あともど》りできないところまで追い詰《つ》められているとわかっていても、自らそれを認めることはできなかった。

「本当に強情《ごうじょう》だな。そんなところが堪《たま》らないが、こういうときくらい素直になったほうがいい」

「あ、ぁ、んん…っ」

強弱をつけて扱《しご》かれ、意図せぬタイミングで射精させられた。だが、解放感に浸《ひた》れたのはほんの一瞬《いっしゅん》だけだった。すぐに吐き出した白濁《はくだく》を塗《ぬ》りつけるように全体を揉みしだかれ、唯史のそれはまたすぐに硬く張り詰めてしまう。

「も、離《はな》せよ……っ」

「嫌だね」

「ぅあ…っ、あっ、あ…！」

レオナルドは唯史が吐き出した白濁を塗りつけるように指を絡《から》めてきた。ぬるぬるとした感《かん》触《しょく》が快感をさらに引き出してくる。

大きな手の中でもみくちゃにされ、抗いようのない快感に理性が薄《うす》れかけたそのとき、彼の手が止まった。

「なっ……!?」

「やめて欲しかったんだろう？」

突然《とつぜん》の放置に戸惑《とまど》う唯史をレオナルドが嘲笑《あざわら》う。行き場を失った熱が体の中で暴れ回るのを歯を食《く》い縛って耐《た》えていると、冷たいローションを尻《しり》の狭間《はざま》に垂らされた。

「つ…っ」

「痛いのは嫌なんだろう？　ちゃんと慣らしておかないとな」

「やめ、嫌だ…っ、い――」

レオナルドはとろりとしたそれを塗り込むようにしながら、窄《つぼ》まりに強引に指を突《つ》き入れてくる。まだ狭《せま》いそこは痛みを訴《うった》えてきたけれど、指の動きが止まる気配はない。

「あぅ、あっ、はっ……」

「この間よりは柔《やわ》らかいな。ほら、美味《うま》そうに俺の指を飲み込んでるだろう？」

「ちが……っ、あっあ、あ…っ」

繰《く》り返される抜き差しに、酷《ひど》く強張っていたそこが少しずつ柔らかくなっていくのがわかる。円を描《えが》くように指を動かされると、硬い入り口が広がっていった。

「ひぁ…っ、あ、ン」

中で曲げられた指の先が粘膜《ねんまく》の一部を押し込《こ》んでくる。比較的《ひかくてき》浅い部分にあるそこを刺激されるたびに、反射的に背中がびく、びく、と撓《しな》った。

触《ふ》れられてもいない昂ぶりの先端からは、とろとろと体液が溢《あふ》れ出てきている。昂揚《こうよう》した体はじっとりと汗《あせ》ばみ、心臓はばくばくとうるさく鳴っていた。

「んん…っ」

気が遠くなるほど執拗《しつよう》に中を掻き回していた指がずるりと引き抜かれる。やっと責め苦から解放されたことにほっとし、体の強張りが緩んだ。

だが、安心していられないこともわかっていた。

レオナルドが避妊《ひにん》具をつけている隙に、シーツの上を這《は》って、何とか逃《のが》れようとしたけれど、腕を拘束《こうそく》された状態で上手《うま》く動けるはずもない。

「まだ逃《に》げる気力があったのか」

レオナルドは鼻先で笑い、唯史の腰を摑《つか》んで力ずくで引き寄せた。高く掲《かか》げることになった腰を後ろから勢いよく貫《つらぬ》いてくる。

「い、嫌だ、や――ぁああ…っ」

灼熱《しやくねつ》の塊《かたまり》が自分の中に埋《う》め込まれた。

薄い膜越《まくご》しでも、充分《じゆうぶん》にその凶暴《きようぼう》さが伝わってくる。ドクドクと脈打つ怒張《どちよう》で、狭い器官はめいっぱいに拡げられていた。

「嫌だと云う割りには嬉《うれ》しそうに飲み込んでるじゃないか。気持ちいいって云ってみろよ」

「誰が……あぁ…っ」

繫《つな》げられた腰を揺さぶられ、声が押し出される。その動きがどんどん激しくなっていくのと共に、唯史の体も蕩《とろ》けていき圧迫感《あつぱくかん》が薄らいでいった。

こんなに感じてしまうなんておかしい、そう思っても律動に合わせて断続的に甘い声が押し出される。まるで自分の体が別にものに作り替《か》えられていくようで怖《こわ》かった。

「あ、やめ、や、あ、ぁあ……っ」

「本当にやめていいのか？　唯史のここはずいぶんと締めつけてくれてるが」

「んっ…そ…なの、知るか……っ」

レオナルドは、唯史を執拗に、容赦《ようしや》なく穿《うが》つ。奥を突き上げ、内壁《ないへき》を抉り、ひくつく粘膜を荒々《あらあら》しく掻き回した。

たっぷりと塗り込められたローションが、突き上げのたびにぐちゅぐちゅと音を立てる。誰かを抱いているときはあまり気にならないその音も、自分の体の中で生まれているのかと思うと死にそうなほど恥《は》ずかしかった。

「はぁ……っ、いや、だ……ッ、も、動くな……っ」

「こっちはもっと欲しいって云ってるぞ」

「あぁあ……っ」

ギリギリまで引き抜《ぬ》かれた屹立《きつりつ》を、物欲しげにひくつく粘膜の中に深々と突き入れられる。体の内側を熱くて硬いものに擦《こす》り上げられる狂《くる》おしい快感に、頭の中が真っ白になった。言葉にしがたい感覚に思わず入り込んだものを締《し》めつけると、律動が激しくなる。

「あっあ、あ……！」

「く……っ」

レオナルドは切羽《せっぱ》詰《つ》まった吐息を零《こぼ》し、叩《たた》きつけるように腰《こし》を遣《つか》ってくる。余裕《よゆう》のない追い上げのあと、目も眩《くら》むような快感が訪れた。

「あ……——」

皺《しわ》だらけになったベッドカバーの上に白濁が派手に飛び散る。

絶頂を迎《むか》えて甘怠《あまだる》くなった腰を、レオナルドはキツく突き上げた。唯史の中で一瞬大きく膨らみ、欲望が爆《は》ぜた。

「あ、は……っ」

上がりきった呼吸を落ち着けるため、肩《かた》を上下させて酸素を求める。体の下敷《したじ》きになっている腕《うで》は痺《しび》れてすでに感覚がなくなっていた。

「まだ眠《ねむ》るなよ。最後までつき合ってもらうからな」

「ぁ……っ」

掻《か》き回されて蕩けた体内から屹立を引き抜かれたかと思ったら、再び体を仰向《あおむ》けにされる。レオナルドは暴れる気力もなくなった唯史の足を押し開き、自身を沈《しず》み込ませた。

「や、あ、ぁあ……っ」

「可愛《かわい》い声がでるようになってきたじゃないか」

「なっ……そ、んんっ」

内壁の浅い場所を硬《かた》い昂《たか》ぶりの先端《せんたん》で刺激《しげき》され、爪《つめ》の先まで甘く痺れる。一度快感に満たされた体は貪欲《どんよく》になっており、どんな感覚も拾い上げてしまう。

「ひぁ…っ、あっあ、ああ！」

いっそ、いますぐに意識を手放せたらどんなに楽だろう？

終わりにして欲しいと願う唯史の気持ちとはうらはらに、体の奥にはまだ熾火《おきび》のように疼《うず》きが燻《くすぶ》っていた。

「いってー……」

酷使《こくし》された腰や無理な向きを取らされた関節が鈍《にぶ》い痛みを訴える。

（くっそ、あの野郎《やろう》、無茶しやがって……）

項垂《うなだ》れた状態で頭からシャワーのお湯を被《かぶ》りながら、歯噛《はが》みした。何気なく手首を見ると、縛《しば》られていた跡《あと》がくっきりと赤く残っていた。どうりでひりつくと思った。

もちろん、征服《せいふく》の痕跡《こんせき》はそれだけじゃない。太腿《ふともも》には強引《ごういん》に押し開かれたときの指の形が残っているし、肌《はだ》のあちこちにも強く吸い上げられてできた鬱血《うっけつ》が散っていた。

口づけも執拗で、腫《は》れるほどに貪《むさぼ》られた唇《くちびる》にはまだ感触《かんしょく》が残っている。

レオナルドがどんなに自分勝手な人間だとしても、まさか、ああいうやり方で無理矢理行為《こうい》に及《およ》ぶとは思わなかった。

唯史が佑耶と談笑していたのを見て嫉妬《しっと》したのだろうと推察することはできる。だが、あそこまでの激情とは結びつかない。唯史には、考えられる原因が一つだけあった。

（多分、あれのせいだよな……）

――あんたなんて絶対に好きにならない。

そう云《い》った瞬間《しゅんかん》、レオナルドの顔色が変わったことをはっきりと覚えている。

「でも、あんな言葉だけで…？」

激情に駆《か》られたせいだと云って許されることではないけれど、そこまで自分に思い入れる理由がわからない。

出逢《であ》って一月も経《た》ってない相手に、理性を失うほどのめり込むことができるのだろうか？

「云いたいことがあるなら、はっきり云えっての」

察して欲しいのかもしれないけれど、自分は超能力《ちょうのうりょく》者でも魔法使《まほうつか》いでもないのだ。不満や要望があるのなら、言葉にしてもらわなければわからない。

行為を終えて熱が引いていったあと、レオナルドの表情に後悔《こうかい》の色が見えた。けれど、もうお互《たが》いに言葉を交《か》わせるような状況《じょうきょう》ではなかった。

バスルームから出て寝室《しんしつ》に戻《もど》ると、レオナルドはさっき部屋をあとにしたときと同じ体勢でベッドに腰かけ項垂れていた。

(反省はしてるみたいだな)

大人《おとな》げない行動に出てしまったことは自覚しているのだろう。唯史は沈黙《ちんもく》を破り、低い声でレオナルドに命じた。

「シャワー浴びてこいよ。話はそれからだ」

「……わかった」

レオナルドを追い立てたあと、予備の着替《きが》えに袖を通す。本当は明日着るはずのものだったが、今日のスーツはレオナルドのせいでよれよれになってしまっているのだから仕方ない。

シャツのボタンを留《と》めていたら、枕元《まくらもと》においてあった携帯電話《けいたいでんわ》が鳴《な》り響《ひび》いた。

レオナルドのものだが、いつまで経っても音が途切《とぎ》れない。放っておこうと思っていたのだが、たったいまシャワーを浴びにいったレオナルドがすぐに戻ってくるわけもなく、つい手に取って着信画面を見てしまった。

「ソフィ？……って、ソフィア・グリーンか！」

どうして彼女から——と疑問に思ったけれど、電話くらいかかってきてもおかしくはない。レオナルドと共演した女優だし、ロマンスが囁《ささや》かれている相手でもあるのだから。

（これは出ておくべきなのか…？）

もしも、緊急《きんきゅう》の用件だったとしたら伝言を預かっておいたほうがいいだろう。だが、知らない人間に電話に出られても向こうは困るに違《ちが》いない。

「どうしよう…」

携帯は迷っている間も、執拗《しつよう》に鳴り続ける。唯史は仕方なく電話を取ることにした。一度咳《せき》払《ばら》いをして声を整えてから、英語で電話口に出た。

「ミスターデュケインの携帯ですが……」

『あんた誰よ？　どうしてレオの電話に出るわけ？』

「私は日本でレオナルドのお世話をしているものです。彼はいま席を外しておりますので、メッセージをお預かりしておきますが」

『すぐに電話してって云っておいて！　もう、どうしてわざわざ日本なんかに行ってるのよ！』

鼓膜《こまく》が破れてしまいそうなほどの高音の英語で捲《まく》し立《た》てられる。

「映画の宣伝のために来られたかと……」

『そんなことわかってるわよ！　宣伝なんかしなくたってヒットするんだから、行く必要なんてなかったって云ってるの！　このあとの休みは一緒《いっしょ》に過ごす約束をしてたのに……っ』

「は、はあ」

『とにかく伝えておいてね！　絶対よ！』

彼女は乱暴に受話器を叩きつけたらしく、ガシャンと耳障りな音がして、通話が一方的に打ち切られた。

「何なんだよ……」

ソフィアの憤《いきどお》りを聞く限り、レオナルドとの関係はただの友人だとは思えなかった。休暇《きゅうか》を共に過ごす約束までしていたというなら、恋人《こいびと》以外の何ものでもないはずだ。

「ただの友達って云ってたくせに……」

電話が切れたあと、そう呟《つぶや》いた自分にはっとした。

（俺、いま何を……）

いままで、レオナルドの睦言《むつごと》を全《すべ》て真に受けていたつもりはない。それでも、嘘《うそ》をつかれていたのだと思うとすうっと胸が冷えていくようだった。

――とっくに、自分の気持ちは決まっていたのかもしれない。

プライドが邪魔《じやま》をして、素直《すなお》に認められなかったのだろう。よりによって、こんな最悪のときに気づくなんて。

最悪のタイミングで、レオナルドがバスルームから戻ってきた。何を考えてるかわからない彼の顔を見たら、ムカムカした気分が込み上げてきた。

「『すぐに電話して』」

「え？」

「ミスグリーンからの伝言です。差し出がましいかと思いましたが、長々と鳴っていたので緊急の用件だと判断して出させていただきました。今度の休暇は、彼女と一緒に過ごす予定だったとか？」

思わず声が刺々《とげとげ》しくなってしまう。苛立《いらだ》ちを露《あら》わにする唯史に、困惑《こんわく》した様子でレオナルドは云う。

「俺はそんな約束をした覚えはない。何か誤解があるようだが、彼女とは本当に何もない。ただの友人だ」

「云い訳なさらなくても、誰《だれ》にも云いませんよ」

そう云いながら、唯史は帰り仕度を始めた。このままここにいたら、自分が何を云い出すかわかったものではない。

「おい、どこに行くつもりなんだ」

「家に帰るだけです。明日、また伺《うかが》います。今夜はもう俺の仕事はありませんよね？」

「唯史、ちょっと待て！　さっきのことはすまなかった！　俺は――」

「失礼します」

呼び止めてくるレオナルドを残して部屋をあとにした。

逃《に》げることしかできない自分を情けなく思いながら、レオナルドの声が聞こえてこないようにと耳を塞《ふさ》いだ。


エレベーターに飛び乗った直後から、レオナルドからもらった携帯が鳴り出した。しつこく自己主張するのを疎《うと》ましく思い、電源を落としてズボンのポケットに捩《ね》じ込む。

「……久々に飲みに行くか」

家に帰って一人で悶々《もんもん》とするよりは、誰かと関係ない話をして気晴らししたい。恋《こい》とはもっと心ときめくものではなかっただろうか？

好きだと気づいたことで、こんなにも落ち込んだのは初めてだ。何であんな男を好きになってしまったのかと自分に問い質《ただ》したい。

このもやもやとした気持ちを晴らすために飲みに行こうと決めて、繁華街《はんかがい》へと向かった。そして、木製の看板が下がった小さなバーに足を踏《ふ》み入れる。

「いらっしゃいませ。小田桐さん、お久しぶりですね」

「ご無沙汰《ぶさた》してました」

「どうしたんですか？　疲《つか》れた顔して」

マスターの言葉に、落ち込んだ気分が顔に出てしまっていることを知り苦笑《くしょう》する。

営業という仕事を通して、感情を隠《かく》すことは上手《うま》くなったと思っていたのだが、まだまだだったようだ。

「面倒《めんどう》な仕事を頼《たの》まれちゃって。ちょっと息抜《いきぬ》きに来たんですよ」

「それはご苦労様です。今日はゆっくりしていって下さいね」

「ありがとうございます」

「ご注文は？」

「ええと、いつもと同じのを……あ、やっぱり、今日は甘いのが飲みたいかな」

疲れているせいだろうか？　今日はやたらに甘いものが欲しい気分だった。

「何かご希望はございますか？」

「お任せで。アルコールは強めでお願いします。あと、つまみをてきとうに」

「かしこまりました」

誰かと話をしようと思って足を運んだものの、いざ来てみると静かに飲みたい気分になった。カウンター席の端《はし》に座り、マスターがカクテルを作る様子を頬杖《ほおづえ》をついて眺《なが》める。

ここは榛名と出会ったバーだ。一時期よく来ていたのだが、ここ数ヶ月は仕事が忙《いそが》しくて夜遊びする暇《ひま》もなかったのだ。

先に出されたチョコレートを摘《つま》みながら、ため息をつく。

（……いまごろ、どうしてんだろう？）

自分でホテルの部屋を飛び出したくせに、レオナルドのことが気になってしまう。ちゃんと話をしたかったのに、あんな電話一つに動揺《どうよう》するなんて。

もう一度ため息をついて、チョコレートをもう一つ口の中に放り込む。難しい顔をしながら舌の上でチョコレートを溶《と》かしていると、マスターがグラスを唯史の前に滑《すべ》らせてきた。

「翠さんはお元気ですか？　最近、全然いらっしゃいませんけど」

控《ひか》えめに訊《たず》ねられ、榛名のことを思い出して苦笑する。

「俺以上にバリバリ働いてますね。切れ味が増したって感じで、ホントおっかないですよ」

「へえ、全然想像つかないなぁ」

「仕事中は『委員長』って感じかな。恋人とも上手くいってるみたいだから、俺なんかとは遊んでくれないんですよ」

「そうですか。でも、元気にしてるならよかった。今度、恋人と一緒に来て下さいって伝えておいて下さい」

「次会ったら云《い》っておきます」

新しい客が店に入ってきてマスターが離《はな》れていったかと思うと、今度は客の一人が隣《となり》の席に座った。

「ここに来るの久しぶりじゃない？　最近見なかったけど、どうしてたの？」

声をかけてきたのは、可愛《かわい》い感じの若い男だった。話したことはないけれど、よくこのバーで見かける顔だ。

「ああ、しばらく仕事が忙しくて」

「いまフリーみたいだから、今度来たら声かけようと思ってたのに、なかなか顔見せないんだもん。でも、いまここにいるってことは、今夜は時間あるってことだよね？」

「まあ、少しはな」

「ねえ、一度試《ため》してみない？」

彼は上目遣《うわめづか》いに唯史を見つめ、甘えるような仕草で誘《さそ》いをかけてくる。

（やけに積極的だな）

そこまで好みのタイプではなかったけれど、守備範囲《しゅびはんい》内ではある。これは自分を試すチャンスかも知れない。

本当にレオナルドが好きなのか、それとも抱《だ》かれたせいでそう錯覚《さっかく》しているのか。タチであるという自分の性癖《せいへき》も確認《かくにん》しておきたかった。

「……それも悪くないかもな」

「じゃあ、決まり」

「え？」

誘いに乗ると、がしっと手を摑《つか》まれた。

「気が変わらないうちに、ね？」

戸惑《とまど》っているうちに、男にバーのトイレへと連れ込まれる。

（こういう場所でサカるのはあんまり好きじゃないんだが……）

それにここのマスターもあまり露骨《ろこつ》な行為《こうい》を推奨《すいしょう》はしていないはずだ。そうは思っても、いまさら云い出せる雰囲気《ふんいき》でもなくなってしまった。

言葉を奪《うば》うようにキスをされ、薄《うす》い手に股間《こかん》をまさぐられる。

「んっ」

それなりに慣れた手つきだというのに、何故《なぜ》かぴくりとも反応しない。それどころか、レオナルドの顔がちらついてきた。

（どうしてこんなときまで、あの顔が浮《う》かぶんだよ！）

必死に頭の中の映像を打ち消していたら、男が不満そうな顔で見上げてきた。

「ねえ、本当にやる気あんの？」

「も、もちろん」

集中しようとするけれど、気分は少しも昂揚《こうよう》してこなかった。あれこれ試してみても、虚《むな》しさが募《つの》っていくばかりだ。

レオナルドに抱かれ、散々イカされたせいで溜《た》まってはいないのはわかっていたが、ここまで動じないとは思わなかった。

「全然ダメみたいだね。疲れすぎじゃないの？」

「悪い、そうみたいだな……」

哀《あわ》れむような眼差《まなざ》しに傷つく。いま、唯史のゲイでタチだというアイデンティティーが揺《ゆ》らいでいるのは間違《まちが》いなかった。

彼は白けた様子で「また、そのうち」と云って、先に個室から出て行った。きっと、二度目はないだろう。

（な…何で勃《た》たないんだ…？　もしかして、俺は本気でネコになっちゃったとか……）

そんな不安が込み上げてきたけれど、男に抱かれたいとはこれっぽっちも思わない。

だが、レオナルドに触《ふ》れられれば否応《いやおう》なく体が熱を帯びるのは事実だし、自分のものとは思えないような喘《あえ》ぎが零《こぼ》れるのも本当だ。

その現実が導き出した答えに、唯史は呆然《ぼうぜん》とする。

「……あいつは特別だってことかよ……」

結局、辿《たど》り着く結論に変わりはないようだった。

・

バーにもいづらくなった唯史はタクシーを捕《つか》まえ、自宅へ帰ることにした。あとはもうふて寝《ね》をするしか方法はない。

「こちらでよろしいですか？」

「あ、はい。ありがとうございました」

「三千二百円になります」

タクシーを降りると同時に、携帯電話《けいたいでんわ》が鳴った。仕事とプライベートで使っているほうのものだ。またレオナルドかと思ったが、こちらの番号は教えていない。

恐《おそ》る恐《おそ》る確認してみると、画面に表示された名前は高篠だった。レオナルドから彼に連絡《れんらく》が行ったのかもしれない。無視するわけにもいかず、仕方なく電話に出た。

「……はい、小田桐です」

『高篠だ。お前、いまどこにいる？』

「自宅の前です。すみません、今日は家に帰らせてもらいました」

嘘《うそ》で云い繕《つくろ》っても、あとで綻《ほころ》びが出るだけだ。唯史は素直《すなお》に自分の居場所を告げ、云い咎《とが》められる前に謝罪する。

『それは別に構わないが、いったい何があったんだ？　レオナルドがお前に謝りたいと云ってきたんだが……』

「それは――」

どう話したらいいかわからず、口籠《くちご》もる。いまここで、レオナルドの担当を外させてくれと云えば、高篠は何とかしてくれるだろう。しかし、そんなことをしたって何も解決しない。むしろ、問題がさらにややこしくなるだけだ。

ゲームの看板に掲《かか》げたレオナルドの不興を買って今回のプロジェクトに悪影響《あくえいきょう》を及《およ》ぼさないようにする――初めはそればかりを意識していた。けれど、いまはそんな単純に割り切れなくなっていた。

『無理強《むりじ》いをされたとか、そういうことか？』

「……っ、いえ！　そういうわけじゃ……っ」

図星を指されたのに、思わず否定してしまった。

『もし、不愉快《ふゆかい》なことをされたと思うなら、きちんと報告しなさい。契約《けいやく》を盾《たて》に望まぬことを強要されたとしたら、契約を破棄《はき》しても構わない』

「え、でも、そんなことしたら……」

　せっかくのプロジェクトが台なしになってしまう。だが、高篠はきっぱりと云いきった。

『個人の尊厳以上に大切なことはない。俺には自社の社員を守る義務がある』

　レオナルドに口説かれる様子を面白可笑《おもしろおか》しく見ているのだとばかり思っていた高篠の口から出てきた言葉に、図らずも感動してしまった。

　こういう人が上にいるから、安心して働けるのだと改めて実感する。

「……ありがとうございます。でも、大丈夫《だいじょうぶ》です。確かに彼とは齟齬《そご》がありましたけど、それはプライベートでのことですから」

『プライベート？』

「社長や会社に迷惑《めいわく》がかかるようなことはしません。ただ、少し頭を冷やしたいんです」

　その言葉は自分へも向けられていた。往生際悪く苛立《いらだ》ちと戸惑いから逃《に》げようとしていたけれど、ちゃんと自分の気持ちと向き合う必要がある。

『何があったのかを訊《き》くのはやめとこう。だが、自分を犠牲《ぎせい》にしようなんて考えるなよ。俺に話しにくいなら、翠に相談しておけ』

「お気遣《きづか》いありがとうございます」

『実はな、俺も謝らなければならないことがあるんだ』

　高篠はバツが悪そうに切り出した。

「何ですか？」

『実は先程、レオナルドに君の家を教えてしまったんだ。あんまり必死だったから、つい……。多分、いま向かっているところだと思う』

「社長……」

高篠の言葉に額を押さえる。たったいま胸にいっぱいになった感動が半減する。個人情報云々《うんぬん》と云《い》うつもりはないけれど、せめて、自分に聞いてからにして欲しかった。

『本当にすまん。今日はホテルに戻《もど》るよう、こちらで連絡を入れておくから。もし、すでに訪《たず》ねてきていたらしばらく面倒《めんどう》を見てやってくれ。すぐに迎《むか》えが行くよう手配する』

こんな夜更《よふ》けの住宅街でハリウッドスターがうろうろしているのを誰かに見られたら、週刊誌などにどんな根も葉もない嘘を書き立てられるかわからない。

「わかりました。彼が来たら連絡します」

『頼《たの》んだぞ』

電話を切り、マンションのエントランスに足を踏《ふ》み入れようとしたそのとき、誰《だれ》かに声をかけられた。

「あの、すみません……」

「はい？」

振《ふ》り返るとそこには、気の弱そうな男性が立っていた。この辺は同じようなマンションが多いから、道にでも迷ったのかもしれない。

「どうかしまし――う…っ」

突然《とつぜん》、ガッと鈍《にぶ》い音がしたかと思うと、後頭部に焼けるような感覚がした。

（な…何なんだ……？）

数拍《はく》してからそれが痛みだと認識《にんしき》する。どうやら背後から、硬《かた》いもので殴《なぐ》られたようだ。金属バットか何かだろうか？

「ゆ、有香ちゃん……本当にこんなことしていいの……？」

「うるさいわね、ほんっと意気地なしなんだから。私の邪魔《じゃま》をしたんだから、お仕置きされて当然なのよ、こんな男」

意識を失う寸前、男女の会話が聞こえてきた。

（どっかで聞いた声だな……）

唯史の痛みに疼《うず》く頭は上手く回らない。必死に目を開けようとするけれど、遠退《とおの》く意識を捕まえておくことはできなかった。

5

「う……」

意識が浮上《ふじょう》してくると共に、後頭部に激しい痛みを覚えた。そこは熱を持ち、ズキズキと脈《みゃく》拍《はく》に合わせて疼いている。

いったい、どこでぶつけただろうかと記憶《きおく》を辿っているうちに思い出した。マンションの前で若い男に声をかけられたあと、誰かに思いきり殴られたことを。

眉《まゆ》を顰《ひそ》めたあと、ゆっくりと目を開けると、予想外の光景が目に入ってきた。

(ここ、どこだ……?)

薄暗《うすぐら》いけれど、廃材《はいざい》や一斗缶《とかん》、壊《こわ》れたパイプ椅子《いす》などが転がっているのが見える。工事現場などで使われるプレハブ小屋のようだ。

すでに長い間使われていないのは明白だった。ところどころに酒瓶《さかびん》やアルミ缶《かん》などが落ちているのは、入り込んだ誰かが宴会《えんかい》をしていった残骸《ざんがい》だろう。

(誘拐《ゆうかい》されて監禁《かんきん》されてるのか、俺は……)

こんな映画の中のような事件の当事者に自分がなる日が来るなんて、予想もしていなかった。窓は薄汚《うすよご》れたカーテンで覆《おお》われているが、その隙間《すきま》からは光が漏《も》れてきている。どうやら、かなりの間、意識を失っていたらしい。

視覚以外からも情報を得ようと、辺りに意識を向ける。小屋の中は埃《ほこり》っぽく、すえた臭《にお》いがしている他《ほか》はとくに何も感じない。周囲から車の音も聞こえてこないことを考えると、郊外《こうがい》のようだ。

とにかく、ここからは早く出たほうがいい。犯人が戻ってくる前にどうにかしなければ。そう思って体を起こそうとしたけれど、何故《なぜ》か手足が思うように動かなかった。

自由のきかない体を不思議に思い、頭を上げて見てみると足首のあたりが結束バンドで固定されていた。きっと、この動かない手も同じもので拘束《こうそく》されているのだろう。

「くそっ、何なんだいったい！」

悪態をつきつつも、冷静になろうと試みる。まずはこんなことをした犯人の動機と正体がわからないと、目的もわからない。

意識を失う直前の記憶を必死に思い返す。たしか、あのとき聞こえてきた会話の声に、聞き覚えがあるような気がしたのだ。

(男のほうが名前を呼んでたよな？　ゆ、ゆ……そうだ、『ユカ』だ)

先日、ホテルでレオナルドに自分が幼馴染《おさななじ》みなのだと主張してきた女も、自分のことを『ユカ』と云っていた。少し舌っ足らずな喋《しゃべ》り方も符合《ふごう》することを考えると、多分、昨晩襲《おそ》ってきた犯人と同一人物だろう。

「もしかして、逆恨《さかうら》みされたのか……？」

自分がこんな目に遭《あ》う理由は他には考えられない。レオナルドとの運命の再会が上手《うま》くいかなかったのは、あのとき横にいた唯史のせいだと思ったに違《ちが》いない。

どうやって唯史の住まいを知ったのかはわからないが、このままぼうっとしていたら何をされるかわからない。最悪の事態が脳裏《のうり》を過《よ》ぎり、背筋に震《ふる》えが走る。

（な、何とかしないと……）

手足の拘束を解《と》こうともがいてみるけれど、皮膚《ひふ》に食い込むばかりでどうにもならない。このままの状態で逃げるしかないかと諦《あきら》めかけたそのとき、ズボンのポケットに入っている硬《かた》いものに気がついた。

電源を切った携帯電話《けいたいでんわ》をそこへ押し込んだことを思い出す。地面を転がり、他のポケットも確認《かくにん》してみたけれど、唯史に残されたのはそれだけのようだ。

「気づかなかったのかな」

もう一つの携帯電話を取り上げただけで安心してしまったのだろう。

後ろ手に縛《しば》られた手で何とか引っ張り出し、指先の感覚だけでボタンを探す。

「電源はどれだよ……これか…？」

どうにかして電源を入れた途端《とたん》、着信音が鳴《な》り響《ひび》いた。

「うわっ」

再び手探《てさぐ》りで通話をオンにすると、耳に当てていなくても聞こえるくらいの大きさで名前を呼ばれた。

『唯史⁉』

連絡《れんらく》がついたことにほっとしつつ、体をよじらせて携帯の位置に体を合わせ、レオナルドの呼びかけに答えた。

「おはようございます」

意図したよりも悠長《ゆうちょう》な響きになってしまった挨拶《あいさつ》に、レオナルドの声はますます大きくなる。

『おはようじゃないだろう！　いまどこにいるんだ⁉　マンションにも帰ってないし、カバンはマンションの前に落ちてるし、心配したんだぞ！』

「……っ、怒鳴《どな》らないで下さい、頭に響くから。どこにいるのかは俺にもわかりません」

軽い口調で伝えているのは、自分でも恐怖《きょうふ》を覚えているからだろう。こんなときにも見栄《みえ》を張ってしまう自分に笑えてくる。

『おい、何があったんだ？　大丈夫《だいじょうぶ》なのか？』

レオナルドの声に不安が混じる。

「あんまり大丈夫じゃないみたいです。マンションの前で男に声をかけられたあと、頭を殴られてから記憶がなくて。多分、犯人はこの間ホテルであなたに話しかけてきた女だと思います」

『いまはいないんだな？　お前はどういう状況《じょうきょう》なんだ？』

唯史の言葉に、レオナルドの声が冷静になった。

「どこかの小屋のようなところに放置されてます。逃《に》げるにも手足を拘束されてるので、そう簡単にはいかないでしょうね」

『わかった。俺が助けに行くから待ってろ』

「映画みたいなアクションを期待してますよ。……っと、ちょっと黙《だま》って下さい」

車のエンジン音とタイヤが砂利を踏む音が聞こえてきた。あの二人が戻《もど》ってきたのかもしれない。レオナルドに小声で告げる。

「戻ってきたみたいです。電話してるのが見つかったらまずいので……」

『待て切るな、このままどこかに隠《かく》しておけ』

「そうですね、わかりました」

レオナルドに指示された通り、携帯の通話をオンにしたまま、近くにあった壊れたパイプ椅子の陰《かげ》に隠した。元の体勢に戻ると同時に、プレハブ小屋の扉《とびら》が開いた。

「あら、目を覚ましたようね」

昨夜声をかけてきた気弱そうな青年を引き連れ、女が戻ってきた。

女との会話で居場所を探れるかもしれない。そう思い、積極的に話しかけることにした。

「大層な歓迎《かんげい》をどうも」

「どういたしまして。雨風は凌《しの》げるし、静かでいいところでしょう？　周りの自然も豊かだから、空気も美味《おい》しいし」

女は悪びれずに微笑《ほほえ》んだ。一見大人《おとな》しそうな女性が人を殴《なぐ》り、こんな人気のない場所に監禁したのかと思うとぞっとしない。後ろにいる男が手伝ったのだろうが、どちらが主導しているのかは一目瞭然《いちもくりようぜん》だった。

「有香ちゃん……やっぱり、こんなのよくない気がする……バレたら警察に捕《つか》まっちゃうよ」

「うるさいわねぇ、だからバレないようにやるんじゃない。だいたい、こんなところ誰《だれ》も見に来ないわよ」

男がおずおずと申し出た忠告はあっさりと一蹴《いっしゅう》された。

云《い》い争う二人に割り込むように問いかける。

「なあ、何で俺の家がわかったんだ？」

「興信所を使えば簡単よ。社員章は見たことあるマークだったし、名前はレオが呼んでたし。でも、あんまり帰りが遅《おそ》いから体冷えちゃった。風邪《かぜ》引《ひ》いたらどうしてくれるのよ」

「人の頭を殴っておいて、酷《ひど》い云い草だな。障害が残ったら責任取ってくれるのか？」

「あなたは自業自得でしょ？　私とレオの仲を邪魔《じゃま》しようとしたんだから。それこそ責任取って欲しいわ！」

女の声が剣呑《けんのん》なものに変わっていく。彼女は本気でレオナルドとのハッピーエンドを信じているようだ。

「君は本当にレオナルドの幼馴染みなのか？」

「そうよ、そうだって云ってるじゃない！」

「その証拠《しょうこ》はあるのか？」

「証拠？　そんなの、この私が証拠よ！　レオは意地悪な男の子たちから守ってくれる王子様みたいだった……。大きくなったら結婚《けっこん》しようって、ずっと私を守ってくれるって約束したの」

「はあ……」

彼女は夢心地《ゆめごこち》の表情で思い出を語る。レオナルドに相当の夢を見ているようだ。

「大きくて立派なお屋敷《やしき》のお庭でいつも一人で淋《さび》しそうにしてた彼に私から声をかけたの」

完璧《かんぺき》に妄想《もうそう》だが、それが真実なのだと思い込んでしまっているようだ。いったい、どこまで本気なのだろうか。

「レオナルドは日本にいたとき、マンションで暮らしてたって云ってたけど」

「え？　色々あって引っ越《こ》していっちゃったのよ！　でも、あんなふうに別れることになるとは思ってなかったから悲しかったわ……」

「…………」

すっかり自分の世界に入ってしまっている。唯史は自分の置かれている状況を忘れて、呆《あき》れ果ててしまう。

「レオが私のことを捜してくれてたって知って、本当に嬉《うれ》しかった。だから、勇気を出して名乗り出たのに……っ」

矛先《ほこさき》がまた唯史のほうを向いてきた。

「あんたが邪魔さえしなければ、レオだって私のことを思い出してくれたはずよ！」

そんなことを断言されても返答に困る。唯史は説得を試みることにした。

「えーと……俺にこんなことしても仕方ないんじゃないのか？　むしろ、こんなことしたって知ったらレオナルドは悲しむと思うけど」

「レオには知られないようにするから大丈夫。だって、あなたを解放しなければ誰がやったかなんてわからないでしょう？」

「警察が調べたら、君の仕業《しわざ》だってわかるはずだ」

「そうかしら？　もし、バレたとしても、レオなら絶対に助けてくれるわ。私たちの間の障害を取り除くためですもの、仕方ないって思ってくれる」

彼女が生きてる世界は唯史たちとは違《ちが》うところにあるのだろう。そうでなければ、こんな都合のいい考えばかりが浮《う》かんでくるはずがない。

（どうすりゃいいんだ……）

そのときふと、ある考えが浮かんできた。

説得してもダメなら、ショック療法《りょうほう》はどうだろう？

レオナルドの性癖《せいへき》を告げれば、幻滅《げんめつ》して夢から目を覚ますかもしれない。僅《わず》かな可能性に賭《か》け、一か八かで真実を暴露《ばくろ》する。

「……あのな、落ち着いて聞けよ。信じたくないとは思うけど、彼はゲイなんだ。初恋《はつこい》の相手も男性だと云っていた。間違《まちが》っても君じゃない」

「何云ってるの…？　誰がそんなデタラメ信じると思ってるわけ⁉」

唯史の言葉に、女はヒステリックな声を上げた。

「もしかして、あなたレオのことを好きなんでしょう⁉　だから、そんなこと云うんだわ！　レオがホモだなんて、気持ち悪い妄想しないでよ‼」

「何でそんな話になるんだ！　俺はただ仕事で――」

咄嗟《とっさ》に否定しようとしたけれど、思い直した。

もしかしたら、レオナルドに自分の気持ちを伝えるチャンスはもうないかもしれない。二度と会えないのなら、自分の気持ちくらい伝えておきたい。

唯史は大きく息を吸い、パイプ椅子《いす》の陰《かげ》にある電話の向こうに聞こえるように云った。

「――好きだよ、あいつのことが」

「開き直ろうってわけ？　ホモのくせに」

「だけど、自分の思い通りにならないからって、こんなことしようとは思わない」

唯史が諭《さと》そうとすると、女は足下の缶《かん》を蹴《け》り飛ばしてきた。

「……ッ⁉」

唯史の真横をすり抜《ぬ》けて壁《かべ》にぶつかり、甲高《かんだか》い音を立てる。恐怖と驚《おどろ》きに引きつる唯史の顔を見て、彼女はようやく笑顔《えがお》になった。

「やっぱり、あんたムカつくからいなくなって」

女は手にしていたペットボトルの中身を、小屋の奥に積まれていた廃材《はいざい》にぶちまける。灯油独特の臭《にお》いが漂《ただよ》ってきた。

「おい、何考えてるんだ？　まさか……」

「もう日が暮れてきたし、夜になると寒くなるから、あったかくしておいてあげる」

ポケットから取り出されたのは、飲み屋などに置いてあるようなマッチの箱だった。

「なっ……お前、自分が何しようとしてるのかわかってんのか⁉」

「わかってるわよ。やだ、いまさらムキになっちゃって。自分がどうなるかくらい、初めからわかってたんじゃないの？」

「頭のおかしいやつの考えてることなんてわからねぇよ」

「負け犬はよく吠《ほ》えるって本当よね」

女は無邪気《むじゃき》な笑顔で、マッチを擦《す》って火をつける。そして、その火をうっとりとした眼差《まなざ》しで見つめた。

（マジかよ……）

思考回路が常軌《じょうき》を逸《いっ》している。話してわかる相手ではない。どうにかして、自力で逃《に》げ出さなくては。出口を探して小屋の中を見回してみたけれど、外に出られそうなのは二人が入ってきた扉だけのようだった。

「有香ちゃん、それはさすがにまずいよ！」

「うるさいって云ってるでしょ！　拓也《たくや》、あんたも一緒《いっしょ》にここで丸焼けになる⁉」

「ご、ごめんなさい……」

「ほら、火が消えちゃったじゃない！」

女は男を一喝《いっかつ》すると、今度はポケットから細長い蠟燭《ろうそく》を取り出した。廃材の上にそれを立て、マッチで火をつける。

「ふふふ、これですぐにあったかくなるわ」

「――――」

受け答えをしている余裕《よゆう》はなかった。蠟燭が燃《も》え尽《つ》きて灯油に火がつく前に外に出なければ危険だ。

「それじゃあね。無理だとは思うけど、ここから出られるようがんばってね」

「ゆ、有香ちゃん待ってよ…っ」

女は指を軽く曲げる仕草で唯史に別れを告げ、小屋から出ていった。扉《とびら》が閉まったあと、ガチン、と重い金属音が聞こえてくる。きっと南京錠《なんきんじょう》か何かをかけていったのだろう。

「くっそ、あの女……」

せめて、腕《うで》が自由に使えたのなら窓を破ることができたのに。必死に思考を巡《めぐ》らせていたら、自分の名を呼ぶ声がした。

『唯史！　唯史、大丈夫《だいじょうぶ》か？』

一瞬《いっしゅん》、助けが来たのかと思ったけれど、その声が聞こえてきたのはパイプ椅子の陰に隠《かく》した携帯電話《けいたいでんわ》からだった。

「いまのところは。でも、本気でやばいかもしれません」

不安と恐怖《きょうふ》で体が震《ふる》えているのに、この期《ご》に及《およ》んでも見栄《みえ》を張ってしまう。どんなに怖《こわ》くても、レオナルドに泣き縋《すが》るような声は聞かせたくなかった。

『あの女は何をしていったんだ？』

「廃材に灯油のようなものを撒《ま》いて、その上に火のついた蠟燭を置いていきました。あれが燃え尽きたら、あっという間でしょうね」

自分の言葉にぞっとする。取り乱しても何の意味もないとわかっているからこそ、努めて冷静に振《ふ》る舞《ま》っているのだが、ひしひしと迫《せま》ってくる命の危険は本能的な恐怖を煽《あお》り立ててくる。

『何とかして逃げられないのか？』

「ドアには鍵《かぎ》をかけていかれたので、他《ほか》の出口を探してるんですが……」

『そこはどういう建物なんだ？』

「プレハブ小屋のようです。壁に隙間《すきま》があるので、空気はしばらく大丈夫そうです」

火が燃え広がるのも怖いけれど、一酸化炭素中毒も恐《おそ》ろしい。この強がりもいつまで続くだろうか？

『だったら、そこを蹴ってみろ。GPSでお前の居場所がわかったから、いま向かってる。もう少しだけがんばってくれ』

「できるだけ早くお願いします。とりあえず、俺は俺にできることをしてみます」

唯史は体を捩《よじ》らせて壁際《かべぎわ》に移動し、錆《さ》びて穴の空いた壁を思いきり蹴り飛ばす。ほんの少し、穴が大きくなったけれど、錆びていない場所はやはり硬《かた》かった。

だが、こんなところで諦《あきら》めるわけにはいかない。

何度も何度も蹴っているうちに、汗《あせ》だくになってきた。蠟燭の長さを確認《かくにん》しようと、頭を上げてみると、小さい炎《ほのお》はもうすぐ廃材へ届いてしまいそうだった。

「くそっ」

壁を壊《こわ》す作業を再開し、何度も何度も壁を蹴る。そうしているうちに、ぼっという不穏《ふおん》な音が聞こえてきた。振り返って見ると、灯油に燃え移った炎がじわじわとその領土を拡大していっていた。

（やばいな、さすがにもうダメかも……）

やはり、自分はここで終わりなのかもしれない。穏《おだ》やかに寿命《じゅみょう》を迎《むか》えて永眠《えいみん》する夢は諦めたほうがよさそうだ。

（ま、でも、あいつに好きだって云《い》ったし、そんなに悔《く》いはないかな）

壁を破ることを諦め、四肢《しし》を弛緩《しかん》させたそのときサイレンの音が耳に届いた。消防車とパトカーの音が交じり合って近づいてくる。

もしかしたら間に合うかもしれない——そんな希望を抱《いだ》いた瞬間《しゅんかん》、小屋のドアが蹴り破られた。

「唯史！」

「レオナルド……？」

誰よりも早く飛び込んできた男の姿に目を瞠《みは》る。

「遅《おそ》くなってすまない。早くここを出るぞ」

見ると窓のカーテンに火が燃え移っていた。全体に火が回るのも時間の問題だろう。

レオナルドは唯史の体を軽々と抱《かか》え上げ、映画さながらに燃えるプレハブ小屋から助け出してくれた。

小屋からかなり離《はな》れた安全なところまで運ばれ、地面にゆっくりと下ろされる。近くにはあらぬ方向を向いて停《と》まっているクリーム色のミニバンがあった。

パリン、とガラスが割れる音がして振り返ると、窓からオレンジ色の炎が吹《ふ》き出していた。

もう少しレオナルドが来るのが遅かったら自分はあの中にいたのだと思ったら、血の気が引いていった。

「大丈夫か？」

「大丈夫に決まっ――……っ」

笑って返そうとしたけれど、勝手に涙《なみだ》が溢《あふ》れ出てきてしまった。止《と》め処《ど》なく温かい雫《しずく》が頬《ほお》を伝っていく。

「あれ……俺、何泣いてんだ……？」

目元を擦ろうとしたけれど、手を拘束《こうそく》されたままだったため上手くできなかった。せめて、泣き顔を隠そうと顔を背《そむ》けようとしたら、不意に抱き寄《よ》せられる。

レオナルドは唯史の顔を逞《たくま》しい胸に押しつけ、囁《ささや》いた。

「怖かったよな？」

「別に俺は！」

唯史の強がりをレオナルドは優しく諭《さと》す。

「俺だって、映画の中以外でこんなことに巻き込まれたら怖いって思うよ。誰も見てないから、いまのうちに泣いておけ」

「バカやろ、お前が見てるだろ」

「俺はいいんだよ」

「……っ」

柔《やわ》らかく頭を撫《な》でられる感触《かんしょく》に、我慢《がまん》できずにしゃくり上げてしまった。

(くそッ、みっともない……)

そうは思っても、一度緩《ゆる》んだ涙腺《るいせん》はすぐには締《し》まってはくれない。あんな目に遭《あ》ったのだから仕方ないと自分に云い聞かせ、レオナルドのシャツを涙で濡《ぬ》らす。

髪《かみ》を梳《す》く指は優《やさ》しくて、強張《こわば》った体も心も解《ほぐ》されていくかのようだった。


唯史が泣いている間にも次々と消防車やパトカーが到着《とうちゃく》し、火はあっという間に消し止められた。それはさながら、映画のワンシーンのようだった。

こうしていると、その渦中《かちゅう》に自分がいたということが現実とは思いがたい。

呆然《ぼうぜん》とその光景を眺《なが》めていると、レオナルドが顔を覗《のぞ》き込んできた。

「……落ち着いたか？」

「あ、うん、まあ……」

ひとしきり泣いたあと、顔をハンカチで拭《ふ》かれた。気持ちが静まった代わりに、今度は恥《は》ずかしさが込み上げてくる。非常事態だったとは云え、子供のように泣いてしまうなんて。

(何か、こいつの前だと気が緩むんだよな……)

気まずさに視線を泳がせていると、レオナルドが頭を下げてきた。

「すまなかったな、こんなことに巻き込んでしまって」

「別にあんたのせいじゃ……」

「でも、俺が原因だろう？　舞台挨拶《ぶたいあいさつ》のときにあんなことを云わなければ、こんなことには……本当にすまなかった」

苦渋《くじゅう》に満《み》ちた表情で謝罪を繰《く》り返すレオナルドに対し、唯史は首を横に振る。

「悪いのは彼女だ。云ってなくても、彼女なら何かしでかしたと思う」

「だが、お前を傍《そば》に置かなければ――」

「過ぎたことを云っても仕方ないだろ。それに、レオナルドが来てくれたから、俺はこうして助かったんだ」

礼を云わなければいけないのは自分であって、レオナルドから謝罪を受ける必要はない。それをわかって欲しくて、唯史はレオナルドの心に届けられる言葉を探した。

「俺のことを捜してくれなかったら、俺はまだあの中にいたはずだ。来てくれて嬉《うれ》しかった。ありがとな、助けてくれて」

「唯史……」

レオナルドの瞳《ひとみ》が一瞬《いっしゅん》揺れた。見なかったことにしたほうがいい気がして、目を逸《そ》らして話題を変える。

「そういえば、あの二人はどうなったんだ？」

　自分を閉じ込めたあと、どこへ消えたのだろう？　彼女の様子から、事件の発覚を恐れて逃《に》げたとは思いにくい。それに、レオナルドへの執着《しゅうちゃく》を持ったままなら再び姿を現すはずだ。

「将哉が通報してくれたから、いま警察が行方《ゆくえ》を捜《さが》しているだろう。君もこれから事情を聞かれるだろうな」

「そっか……」

　彼女は今後、どういう生活を送っていくのだろうか。ずっと空想の世界で生き続けていくのかもしれない。嘘《うそ》で塗《ぬ》り固めた人生なんて淋《さび》しすぎる。

「どうした、唯史」

「……何でもない。それより、この手足をどうにかしてくれないか？　食い込んで痛いんだ」

　手足を拘束しているプラスチックの結束バンドは、人の手では外すことができない。

「そうだったな。ちょっと待ってろ。何か切るものを借りてくる」

　立ち上がり、人のいるほうへと足を向けたレオナルドの背中に、唯史は思い出したように告げた。

「……さっき」

「ん？」

「さっき助けに来てくれたとき、映画よりカッコよかったぜ」

唯史の言葉にレオナルドは目を丸くする。その表情がおかしくて、唯史は思わず吹き出してしまった。


唯史は救急車に乗せられ、病院へ運ばれることになった。

気絶してしまうほど強く殴《なぐ》られたと遅《おく》れてきた救急隊員に告げたら大騒《おおさわ》ぎになってしまったのだ。検査が終わったいまは、打って変わって静まり返っている。

検査の気疲《きづか》れもあり、病院の個室でうとうととしていると、ドアがノックされた。

「入るぞ、唯史」

薄暗《うすぐら》い室内に顔を覗かせたレオナルドの顔にも疲労《ひろう》が色濃《いろこ》く出ている。唯史の代わりに、警察に事情を話しに行ってくれていたのだ。

「レオナルド、大丈夫《だいじょうぶ》だったか？」

「同じことを何度も訊《き》かれて参ったよ。サインもやたらにさせられた」

「お疲《つか》れさま。スターは辛《つら》いな」

「まあ、有名税だから仕方ない。お前のほうはどうだった？　検査の結果はもう出たんだろう？」

「明日にならないとわからないこともあるみたいだけど、とりあえずは何ともなかったよ。殴られたところが瘤《こぶ》になってるくらいかな」

思いきり殴られたせいで、いまでも疼《うず》くように痛むけれど、脳に影響《えいきょう》がなかったことは不幸中の幸いだろう。あちこちにできた擦過傷《さっかしょう》も数日すれば治るだろうと診断《しんだん》され、ほっとした。

とりあえずは安静にしているしかないため、柔らかい枕《まくら》を重ねて後頭部が圧迫《あっぱく》されないようにしている。

「何か欲しいものはあるか？　もっと設備の整っている病院に移らなくていいのか？」

「いいよ、ここで。明後日には退院できるって云われたし。欲しいものもとくにない。それより、会社に連絡《れんらく》しないと」

元々レオナルドにつき添《そ》うことになっていた曜日のため、出社していなくても問題はないが、巻き込まれた事件が事件だけに高篠に報告を入れておいたほうがいいだろう。

「将哉には俺から連絡を入れてある。療養《りょうよう》も兼《か》ねて、しばらく休暇《きゅうか》を取れと云っていた。警察の調書も週明けで構わないそうだから、安心して休んでろ。入院の手続きもやっておいた」

「色々ありがとうな」

世界を股《また》にかけるスターが入院手続きの書類を書いたのかと思うと、何だか可笑《おか》しい。きっと、この病院の職員たちも驚《おどろ》いたことだろう。

「大したことはしていない。できるなら、君の痛みを全《すべ》て引き受けてやりたいよ」

「こんなの一晩寝《ね》ればすぐに治るって」

深刻な顔で告げるレオナルドの気持ちを軽くしようと、笑い飛ばす。けれど、その表情は硬《かた》いままだった。

「唯史。俺は君にもう一つ謝らなくてはならないんだ」

深刻な顔で切り出してきたレオナルドにドキリとする。

「もう一つってどういうことだよ？」

昨夜の強引《ごういん》な行為《こうい》のことかと思ったが、レオナルドの口ぶりから推察するとそれのことではないようだった。

「実は……君に隠《かく》していたことがある」

「隠してたこと…？」

いったい、何のことだろう？　ソフィアとのことを認めるつもりだろうか？

覚悟《かくご》を決めて待っていたレオナルドの言葉は、意外なものだった。

「俺の幼馴染《おさななじ》みの居場所がわからないっていうのは嘘なんだ。彼の居場所も、いまどうしているかもわかってる」

「え？」

予想外な告白に、理解がついていかない。

『わからない』と云っていたのが嘘だったなら何故《なぜ》、唯史の前で捜していたふりをしていたのだろう？

（ある意味、ソフィアのことよりショックかも……）

幼馴染みへの想《おも》いはこれまで散々聞かされた。その気持ちがどれだけ純粋《じゅんすい》で大切にしているものなのかよく知っている。

きっと、自分は彼の居場所がわかることはないだろうと高を括《くく》っていたのだと思う。所詮《しょせん》、思い出の中の人物だと。だからこそ、こんなにショックを受けているのだ。

「よ、よかったじゃないか。で、いつ会いに行くんだ？」

胸の痛みを押し隠し、明るく問いかける。

「もう会ってる」

「えっ……何だ、やけに行動が早いな。それでどうだったんだ？　幼馴染みがレオナルド・デュケインだと知って驚いてただろう？」

唯史が仕事に行っている日に会っていたのかもしれない。

「再会したとき、彼は俺のことがわからないようだった。印象が変わったせいでわからないのかと思ったけど、俺との思い出を少しも覚えてなかったんだ」

「そ、それは残念だな……」

悲しそうな表情に慰《なぐさ》める言葉も浮《う》かばない。

「色々と話をすれば、思い出してくれるんじゃないか？」

「もちろん俺もそう思った。思い出の場所に連れて行ってみたりもしたんだが、ちっとも思い出してくれなかった」

「思い出の場所…？」

「東京タワーや動物園、水族館に行って海岸を散歩して——それでも彼は俺の意図に少しも気づいてくれなかった」

「え——？」

東京タワーも動物園も水族館も、唯史が連れて行かれた場所だ。二人で行った場所に、その幼馴染みも連れて行ったということだろうか？

目を瞬《またた》く唯史に、レオナルドは大きなため息をついた。

「まだわからないか？　俺の初恋《はつこい》は君だよ」

「俺？……えっ、ちょ、待っ……嘘《うそ》だろ⁉」

レオナルドの言葉が信じられず、問い返してしまう。

このデカい男が、昔隣《となり》に住んでいた幼馴染みだというのか？

「俺のこと、里緒《リオ》って呼んでただろう」

「リオ…」

「こういう字だよ」

レオナルドが手帳の余白に日本名を漢字で書いて見せてくれた。

「あっ！」

あの泣き虫で引っ込み思案だった男の子の名前は、『里緒』と云った。レオナルドという英名にちなんで、祖母が漢字を当ててくれたのだと話してくれたことを思い出す。

だが、あの男の子とレオナルドが同一人物だということがどうしても信じられない。あの頃《ころ》の面影《おもかげ》と云ったら、髪《かみ》の色と目の色くらいしかないではないか。

（そりゃ、顔は覚えてないけど、印象が違《ちが》いすぎるだろ……!!）

「一緒《いっしょ》にホットケーキを作っただろう？　遠足のときは寛子《ひろこ》さんの作ってくれたお揃《そろ》いの弁当を二人で食べたことも覚えてないか？」

「…………」

あまりの衝撃《しょうげき》に、言葉も出なくなってしまう。

寛子というのは唯史の母の名前だ。どうやら、疑う余地もないらしい。

「ずっと、捜してたのは本当だ。だけど、この数年は仕事が忙《いそが》しくて日本に来られなくて……。だから今回、日本での舞台挨拶《ぶたいあいさつ》の話が上がってきたとき、チャンスだと思って飛びついたんだ。余裕《よゆう》を持って来日すれば、君を捜す時間が取れるかもしれないと思ったから」

「もしかして、ウチの仕事を受けたのも……？」

「ああ。日本で顔を売れば君のほうから気づいてくれるかもしれないとも思っていたしな。T

AKASHINOに行って、唯史が出迎《でむか》えてくれたのを見たとき祈《いの》りが天に通じたと思ったくらいだ」

だから、あのとき唯史のことを見て驚いた顔をしていたのか。その後もわざとらしく話しかけてきたのは、唯史に思い出して欲しかったからだろう。

「だが、君は俺のことを覚えていなかった」

恨《うら》みがましく再度云われる。忘れられていたショックはわかるけれど、自分の容姿の変化にも原因があると自覚して欲しい。

「こんなに育ってたら普通《ふつう》わからねーよ！」

「そうか？　俺は唯史のことはすぐにわかったぞ」

「……俺は『里緒』のことを努力して忘れたんだ。思い出しそうなものは全部捨てた」

一緒に撮《と》った写真も、一緒に遊んだゲームも、二人で作った工作も全部処分した。記憶《きおく》から消去してしまうために。

「それは俺に会いたくなかったってことか？」

「違《ちが》う」

「じゃあ、どうして？」

「……会いたかった。会いたくてしょうがなかった！　だから、お前のことなんて忘れたかったんだ！」

感情に任せて押し殺していた気持ちを吐《は》き出してしまう。本当は一生誰《だれ》にも告げるつもりなんてなかったのに。

そんな唯史をレオナルドは強く抱《だ》きしめてきた。

「唯史、ごめん――何も云《い》わずにいなくなってごめんな」

「……うん」

『里緒』はとっくに自分のことなど忘れているだろうと思っていた。アメリカで新しい友達を作り、楽しく暮らしているのだろうと。

だが、謝るためにずっと自分を捜してくれていたのだと思うと、切なさで胸が締《し》めつけられる。つんと鼻の奥が痛んだけれど、涙を必死に堪えた。

「急な引《ひ》っ越《こ》しは何か事情があったんだろう？」

レオナルドの体をやんわりと押し返し、顔を見ながら問いかける。

「ああ、両親が復縁《ふくえん》することになって、急にアメリカに行くことになったんだ。ちょうどそのとき、唯史は旅行に行っていて、さよならも云えなかった」

「どうしてそんなに急だったんだ？」

「アメリカにいた父親が迎《むか》えに来たんだ。やっと事業が軌道《きどう》に乗ったからって。それまでずっと音沙汰《おとさた》がなかったのは、成功するまでは連絡《れんらく》しないと決めていたかららしい」

「そっか……」

「君との別れが辛くて、飛行機の中で散々泣いたよ。だけど、子供にはどうすることもできないだろう？　そのまま三ヶ月間の再婚《さいこん》旅行に連れて行かれて、しばらく手紙を書くこともできなかったんだ」

「三ヶ月も再婚旅行……」

スケールの違いには呆《あき》れるしかない。確かにそんな状態では、子供にはどうすることもできなかっただろう。

「そのあとに書いた手紙も投函《とうかん》を母に頼《たの》んだら半年近く忘れられてて、やっと出してもらえたと思ったら宛先《あてさき》不明で戻《もど》ってきて途方《とほう》に暮れたよ」

「そう…だったんだ……」

手紙が届かなかったのは、半年後に唯史の家も父親の仕事の都合で引っ越しをしたからだろう。いくつものすれ違いが、お互《たが》いを遠ざけていったようだ。

「本当にごめん。ずっと、ずっと謝りたかった」

レオナルドはまた唯史を抱きしめてくる。耳元で告げられる真摯《しんし》な言葉に、胸の閊《つか》えが消え去っていくようだった。

「いいよ、もう。怒《おこ》ってないから」

「許してくれるのか？」

「だって、急にいなくなったのはお前のせいじゃないんだろう？　謝るためにわざわざ俺のこと捜してくれてたんだろう？」

そこまでしてもらって、心が動かされないはずがない。自分だって、ずっと未練を抱《かか》えていた。トラウマになるほど、その存在が胸に刻み込まれていたのだから。

「唯史……」

「それにお前は命の恩人だし。俺のほうが何か礼をしないとな」

あまりシリアスな雰囲気《ふんいき》は性に合わない。ついつい、軽口で混ぜっ返してしまう。すると、レオナルドは真剣《しんけん》な顔で云ってきた。

「一つだけ頼みがあるんだ」

「何だよ、頼みって」

「唯史の気持ちをもう一度聞かせて欲しい」

「へ？」

「あのプレハブ小屋で彼女に云ってたこと、電話じゃなくて直接聞きたい」

「……っ」

あのとき、もうこれが最後かもしれないと思って云ってしまったけれど、冷静になってみると恥《は》ずかしい。あんなこと、いまさら本人の前でなど云えるわけがない。

「な、何のことだ？」

唯史がごまかそうとすると、レオナルドは意地の悪いことを云ってきた。

「捜査《そうさ》に使えるかと思って録音してあるけど、自分で聞いてみるか？」

「録音⁉　そんなものいますぐ処分しろ！　抹消《まっしょう》しろ！」

　あんなものが録音されたのかと思うと気が遠くなる。あまつさえ、それが警察に証拠《しょうこ》として渡《わた》り大勢の捜査員に聞かれてしまうとしたら恥ずかしさで死んでしまいそうだった。

「そんなことできるわけないだろう？　大事な証拠なんだからな」

「く…っ」

　あの女の罪を立証するために必要なものだと云われれば、あまり強くは云い返せない。けれど、できることならレオナルド以外の誰にも聞かれたくはなかった。

「でも、どうしても人に聞かれたくないって云うなら、警察の人には渡さないでおいてもいい」

「ほ、ほんとか？」

「その代わり、もう一度聞かせてもらう」

　結局はそこへ戻ってしまうのか。これは交換《こうかん》条件というよりは脅《おど》しだ。

（……昔はもっと可愛《かわい》かったよな……）

　ずいぶんとふてぶてしくなった幼馴染《おさななじ》みの顔を見つめ、ため息をつく。よくも悪くもアメリカの色に染まってしまったのかもしれない。

「どうする？　俺はどちらでも――」

胸ぐらを摑《つか》むと、賢《さか》しい口をキスで塞《ふさ》いだ。レオナルドは唯史がこんな行動に出るとは思っていなかったようで、驚《おどろ》いて固まっている。

その様子に少しだけ溜飲《りゅういん》が下がった。

「……好きだよ。俺だって初恋《はつこい》はお前なんだからな」

「え、いま何て——」

何か云おうとした唇《くちびる》を再度奪《うば》って、言葉を遮《さえぎ》る。

レオナルドの戸惑《とまど》いは一瞬《いっしゅん》だけだった。どちらからともなく深くなっていく口づけに、酔《よ》いしれていった。

6

「いいか？　ウチは狭《せま》くて汚《きたな》いからな。文句は云うなよ」

唯史は自宅マンションの前で、何度目かわからない念を押した。

「わかったって云ってるだろう。俺は狭くても汚くても気にしない」

「……俺が気にする……」

「何か云ったか？」

「いや、何でも……」

病院から自宅へ、レオナルドが送ってくれることになった。一人で帰れると主張したのだが、怪我《けが》が完治するまで傍《そば》を離《はな》れるつもりはないらしい。目を離して、また自分に何かあったらと心配もしているようだ。

唯史としてもレオナルドを一人にするのは不安だったため了承《りょうしょう》したのだが、いざ家に上げるとなると不安になってくる。

これまで彼が過ごしていたのは、最高級のスイートルームだ。唯史の部屋など寝室《しんしつ》にすっぽりと入ってしまう程度の広さしかない。そんなところに連れて行って大丈夫《だいじょうぶ》なのだろうか？

「何をそんなに気にしてるんだ。俺だって、昔はマンションに住んでたんだから、どういうものかくらいはわかってる」

「あのとき住んでたのは家族向けのマンションだろ。うちは1LDKなんだよ」

「LDKって何だ？」

アメリカとは住宅の詳細《しょうさい》を示す基準が違《ちが》うのだろう。面倒《めんどう》な説明を省いて、一言で返す。

「一人暮らし用ってこと。とにかく、文句は云《い》うなよ」

唯史は渋々《しぶしぶ》と彼を自室へと案内した。鍵《かぎ》を開けて室内に促《うなが》すと、レオナルドはきょろきょろと辺りを見回す。

「ここが唯史の部屋か」

「あんまりじろじろ見るなよ」

「別に汚くはないじゃないか」

「狭いとは思ってるんだろ」

「まあ、予想通りというか。しかし、ものが少ないな」

「片づけが得意じゃないから、余計なものは増やさないようにしてるんだよ」

寝室に使っている個室にはベッドと机、リビングにはソファセットにテレビ、小振《こぶ》りの本棚《ほんだな》だけだ。あとは全《すべ》て収納の中に押し込《こ》んである。

あまりものを持たないようになったのは、『里緒』への失恋《しつれん》がきっかけかもしれない。

できるだけ思い出を増やさないよう、無意識にものも多く持たないようにしていたのだろうといまは思う。

「そのへん座ってろ。お茶淹《い》れてくるから」

空気を入れ換《か》えるためにカーテンと窓を開けに行く。

「唯史、これって……」

「え？　ちょっ、何勝手に見てるんだよ！」

レオナルドは本棚から一冊の絵本を取り出して眺《なが》めていた。英語で書かれたその絵本は、何度も何度も捲《めく》ったせいでぼろぼろになっている。

ずっと忘れていたのだが、大阪に転勤することが決まった頃《ころ》に実家で見つけ、何となく引っ越《こ》しの荷物の中に忍《しの》ばせたのだ。それからはずっと唯史の本棚の隅《すみ》に置かれている。

「取っておいてくれたんだな」

「た、たまたま残ってただけだ」

思い出の品を全て捨てたとき、これだけはどうしても捨てられなかったのは、レオナルドが父親からプレゼントされたものだったからだろう。

この本がお気に入りだった唯史に、レオナルドは「大事にしてね」と云って誕生日にプレゼントしてくれたのだ。

照れ隠《かく》しに顔を背《そむ》けた唯史を、レオナルドは背中から抱《だ》きしめてくる。病院でシャワーを使わせてもらったせいで、お互いに同じ石鹸《せっけん》の匂《にお》いがした。

「それでも嬉《うれ》しい」

背中越《ご》しに体温を感じながら、ある疑問を口にした。

「……なあ、俺が昔の話を聞いてもお前のことを思い出さなかったらどうした？」

「もしも、思い出してもらえなくても、いまの自分を好きになってもらおうと思ってた」

「ずいぶんと自信家だな」

「本当は不安だったに決まってるだろう？　そうじゃなきゃ、わざわざ舞台挨拶《ぶたいあいさつ》であんなこと云わない。黒髪《くろかみ》で細身の男が好きだって云うから髪を黒く染めようかとも思ったんだが、映画のキャンペーン中はダメだって云われて諦《あきら》めた」

「ほんっとにバカだな……」

余裕《よゆう》のある顔の下で、そんなふうに考えていたなんて。大勢の観客を虜《とりこ》にする大スターも、抱《かか》えている悩《なや》みは普通《ふつう》の男と変わりがないようだ。

「仕方ないだろう、君が全然思い出してくれないんだから。細身になるのは難しいだろう？少しでも好みに近づくにはそれ以外方法がないじゃないか」

「染めるなんてやめとけよ」

拗《す》ねた口ぶりのレオナルドに笑いが漏《も》れる。

「黒くしたって似合わないって云いたいんだろう？　そんなこと、自分でもよくわかってる」

「そうじゃない、そのままでいいって云ってるんだよ。こんなに綺麗《きれい》な金色を染めるなんてもったいない」

　肩口《かたぐち》に顔を埋《うず》めるレオナルドの髪を指先で摘《つま》む。太陽の光に透《す》かすと、キラキラと輝《かがや》いて見える。黒い髪も似合わなくはないとは思うが、いまのままのほうがいい。

「そういや、ちっちゃい頃は羨《うらや》ましくて仕方なかったな」

　本当はこの髪の色が好きだった。好きだったからこそ、忘れたかった。失恋の記憶《きおく》は、この淡《あわ》い輝きと結びついていたから。

「唯史……」

「ほら、いつまでくっついてるんだよ。いい加減離《はな》せって」

　自分の発言に気恥《きは》ずかしくなり、レオナルドの腕《うで》を引き剝《は》がす。わざとらしくカーテンを乱暴に開け、お茶を淹れるためにキッチンへと向かおうとした――のだが。

「日本茶とコーヒー、どっちが……って、な――んんっ」

　再び捉《とら》えられ、熱烈《ねつれつ》なキスを見舞《みま》われた。当たり前のように侵入《しんにゅう》してきた舌が、唯史の舌に絡《から》みつく。レオナルドは執拗《しつよう》に口の中を舐《な》め回し、搦《から》め捕《と》った舌を嚙《か》んできた。

「んん、ん……ッお前、カーテン開いてるんだぞ⁉」

　どうにかレオナルドの顔を押し返して文句を云うと、しれっと云い返された。

「見えたって、何してるかなんてわからないだろ」

「そういう問題じゃ、んぅ、ン」

違《ちが》う角度で唇を奪われ貪《むさぼ》られる。レオナルドは唇をキツく吸い、甘嚙《あまが》みし、腫《は》れぼったくなったそこをまた吸い上げた。

思わず熱い吐息《といき》を零《こぼ》した隙間《すきま》から舌を差し込まれ、口腔《こうこう》を荒々《あらあら》しく蹂躙《じゅうりん》される。腰《こし》が砕《くだ》けそうになるまで、口づけを解いてはもらえなかった。

「んん、はっ……ぁ……いきなり何すんだ……っ」

「嬉しいよ、唯史がそんなふうに思ってくれてたなんて」

「べ、別に大したこと云ってないだろ……」

「そんなことない。唯史に愛されてるって実感した」

「真顔で恥《は》ずかしい台詞《せりふ》を吐《は》くな！」

「台詞じゃない。俺の本心だ」

レオナルドは唯史の体を拘束《こうそく》したまま、どうでもいい訂正《ていせい》をする。じたばたともがくけれど、体格の差は大きかった。

「もういいから離せって！」

甘い言葉も恥ずかしいけれど、カーテン全開の窓も気になってたまらない。

(だいたい、こんな明るい最中《さなか》からいちゃつくのはどうなんだ)

これ以上くっついていたら、また流されてしまいそうな気がする。キスしかされてないのに、けっこうまずい状態だ。

摑《つか》まれていた手を振《ふ》り解《ほど》こうとしているのに、レオナルドの指が少しも緩《ゆる》まない。

「唯史、寝室は見せてくれないのか？」

「……っ、何考えてるんだ真っ昼間から…ッ」

「俺は見たいと云っただけで、何かしたいとは云ってないぞ」

「何もしないと誓《ちか》えるか？」

「それはわからない。唯史にかわいく誘《さそ》われたら、理性が保《たも》てなくなりそうだしな」

飄々《ひょうひょう》と嘯《うそぶ》くレオナルドに額を押さえる。一度、はっきりと云っておいたほうがいいかもしれない。

「あのな、俺はお前を好きだとは云ったけど、抱かれてやるとは一言も云ってないからな！」

「俺とセックスはしたくないってことか？」

「いや、そういうわけじゃないけど……」

それなりに触《ふ》れ合いたいとは思う。だが、突《つ》っ込まれるのは好きじゃないし、突っ込むところも想像できない。

「じゃあ、こうしよう。この間みたいに、先にイカせたほうが勝ちってことでどうだ？」

「どうだ…って、また何か企《たくら》んでるんだろう？」

「別に企んでなんてない。唯史は自慢《じまん》のテクニックを見せる自信がないのか？　まあ、それなら仕方ないか……」

「誰が自信がないって…？」

ゆっくりと振り返り、レオナルドの顔を睨《にら》むように見つめる。

後悔《こうかい》するとわかっていても、売られたケンカはつい買ってしまうのだ。


「……何でこんな体勢なんだ」

云《い》いくるめられて寝室《しんしつ》に来たのはいいが、何故《なぜ》かレオナルドの膝《ひざ》の上に乗らされた。跨《また》ぐような体勢で、お互《たが》いに向き合っている。

「まだ瘤《こぶ》が引っ込んでないんだろう？　これなら頭をぶつけないですむ」

「まあ、そうだけど……」

位置からして不利な気がする。しかし、そんなことで怖《お》じ気《け》づいてる場合じゃない。

(今日こそ、俺が突っ込んでやる)

色気など皆無《かいむ》の決意をし、先んじてレオナルドのベルトを外す。ズボンの前を緩めると、その中へ指を忍ばせた。

レオナルドのそれは唯史の手に小さく反応し、ぐんと質量を増す。そのまま揉《も》みしだくように指を動かしていくと、どんどん育っていった。

「積極的で嬉しいよ」

せっせと手を動かす唯史を嬉しそうに見つめている。一人でむきになっているようで恥ずかしく、思わず急《せ》かしてしまう。

「何ぼけっとしてるんだよ。勝負なんじゃなかったのか？」

「そうだったな。気持ちよくて忘れてた」

「別にそのまま忘れててもいいけどな」

何もしないでいてくれれば、勝敗は自ずと決まる。

「そういうわけにはいかないだろう。俺ばかりよくしてもらうのは悪いからな」

「ンっ」

レオナルドはシャツの上から胸の尖《とが》りを探《さぐ》り当ててきた。布地ごと摘み上げられ、指の間で捏《こ》ねられる。

「……っ、そこは狡《ずる》いぞ…っ」

「触《さわ》ったらいけないところなんて決めてないだろう？　お前もしっかり手を動かしてろよ」

「うんっ、ン…っ」

シャツをウエストから引き抜《ぬ》かれ、その下に大きな手が忍《しの》び込んでくる。その手は腹部や胸を這《は》い、今度は直に小さな尖りを捕らえた。

「ここを弄《いじ》られるの好きだよな」

「ちが……っ」

「こんなに硬《かた》くしといて何云ってる。それとも、感じすぎて辛《つら》い？」

指先で転がされているうちに、そこも硬く凝《しこ》ってきていた。

余計な口を開いたら、ヘンな声が出てしまいそうだったから、必死に奥歯を食い縛《しば》る。

「そろそろ、こっちもいい具合になってそうだな」

「ンッ」

ズボンの上から中心部を撫《な》でられる。そこはすでに熱を帯び、膨《ふく》らみかけていた。

その後、レオナルドも唯史と同じように、ベルトを外し、緩めた部分から手を差し込んでくる。下着越《ご》しにやんわりと揉まれると、薄《うす》く開いた唇《くちびる》から熱い吐息が零れた。

「はっ……」

弄られているうちに、じわりと下着が濡《ぬ》れてくる。唯史も負けじと技巧《ぎこう》を尽《つ》くすけれど、なかなかレオナルドの息は上がらない。

(何でだよ。同じようなことしてんのに……)

基本的な体力の差なのだろうか？　手の中のものはガチガチに硬くなっているのに、その顔にはまだ余裕《よゆう》がある。

「唯史、キスしていいか？」

「聞くな、そんなこと！」

聞かれるのも恥ずかしいし、いいと答えるのもいたたまれない。レオナルドは頬《ほお》を赤らめる唯史の鼻先に口づけたあと、宣言通り、唇を重ねてきた。

「ん…っ」

ぬるりと入り込んできた舌が唇の裏側を舐め、歯列をなぞる。ぞくりと震《ふる》えて逃《に》げかけた舌を捉えられ、搦め捕られてしまった。

「ン、んぅ、んん……っ」

濃厚《のうこう》な口づけは唯史の体を熱くしていく。あっという間に息が上がり、肩《かた》で呼吸をするようになってしまった。

唇を離《はな》したレオナルドは下着の中に指を入れ、濡れた先端《せんたん》を撫でてくる。

「もうべとべとになってるな」

「あ……っ」

濡れた下着を押し下げられ、硬く反り返った自身が露《あら》わになった。自分だけ晒《さら》しているのは恥ずかしかったため、慌《あわ》ててレオナルドのものも取り出す。

「うっ……」

思わず息を呑《の》んだ。

（やっぱ、でかい……）

感触《かんしょく》で充分《じゅうぶん》その大きさを認識《にんしき》していたつもりだったけれど、やはり目にすると迫力《はくりょく》が違《ちが》う。

思わず見入っていると、突然《とつぜん》、レオナルドは念のためにと用意しておいた未使用のローションの封《ふう》を切り、ボトルの中身を自分の手に取った。

「おい、何する気だよ!?」

「こうするだけだ。そのまま擦《こす》るより、このほうが気持ちいいだろう?」

「あ……っ」

ローションで濡れた指を自分の昂《たか》ぶりと唯史のそれに絡《から》ませてきた。ぬるつく指で一纏《まと》めにして擦られ、込み上げてきた快感に爪先《つまさき》まで震えが走る。昂ぶり同士が触れ合う感触にも、云いようのない興奮が込み上げてきた。

レオナルドの指遣いは相変わらず巧みだった。強く上下に擦っていたかと思うと、柔らかく先端を撫でてくる。もどかしさに身動《みじろ》ぐと、根本の膨らみを揉んでくる。

「んん…っ、あ、はっ……」

一方的にされているばかりではまずい。自分からも責めなくてはと思い、レオナルドの指の上から、両手で昂ぶりを握り込む。だけど、腰の奥のほうから生まれてくる甘い痺れが指先にまで広がってきて、上手く動かせなかった。

「ほら、手が止まってるぞ」

「わ…かってるよ……っ」

二つの昂ぶりを両手で扱《しご》く。触れ合わせているほうがレオナルドの反応がいいような気がする。ただ、自分も酷《ひど》く感じてしまうため諸刃《もろは》の剣《つるぎ》だった。

レオナルドは、再びシャツの下に手を忍び込ませてくる。ローションと体液に濡れた指先で胸の尖りを摘まれ、びくりと体が反応した。抓《つね》るように捏ねられているうちに、そこが熱を持って腫れぼったくなってくる。

「はっ……ぁ、んん……っ」

深まっていく快感に陶然《とうぜん》となりかけていると、胸を弄っていた手がウエストに移動した。レオナルドは、そのまま強引にズボンと下着を引き下ろす。

「なっ……」

再びローションを使ったのか、濡れた手で尻《しり》を摑《つか》んでくる。

「んっ！　レオナルド、お前……っ」

「リオって呼べよ」

「あっ、や、ちょっ……」

自身を大きな手で擦られながら、尻を揉みしだかれ、上擦った声が上がった。その指先はさりげなく狭間《はざま》へと忍び込み、窄《すぼ》まりを探ってくる。

「どこ触ってんだよ！」

「触ったらいけないところなんて決めてたっけ？」

「……っ、あ！」

窄まりに指先が埋《う》め込まれた。ぐりぐりと粘膜《ねんまく》を押され、びくびくと腰が跳《は》ねる。

「待て、待っ……あ、あっあ！」

「待ってられるかよ」

「やめ、や、あ……っ」

レオナルドは、潜り込ませた指で唯史の中を掻き回しながら、濡れそぼった欲望をもう一方の手で握り込む。前と後ろを同時に弄られ、体の芯が蕩けていく。

痺れるほどの快感に体が痙攣《けいれん》する。レオナルドの追い上げに抗《あらが》うことはできなかった。

「う、く…っ、んんー…っ」

歯を食い縛ったけれど、喉《のど》の奥が鳴ってしまう。ぎゅっと目を瞑《つぶ》った瞬間《しゅんかん》、唯史は欲望を吐《は》き出してしまった。

（ちっくしょー……）

荒《あら》く息をつく唯史に、レオナルドはニヤリと微笑《ほほえ》み、勝ち誇《ほこ》ったように告げる。

「俺の勝ちだな」

「…………」

「わかってるよな？」

「わかってるよ！　お前はさっさとゴムでもつけとけ！」

約束は約束だ。だが、大人《おとな》しく組み敷《し》かれるつもりはなかった。

唯史は一度ベッドを降りて潔くズボンと下着を脱《ぬ》ぎ捨てると、レオナルドのほうへと向き直った。

「おい、準備してろっつったろ」

「すまん、今日は持ってない」

「は？」

「唯史の使ってるものだとサイズが合わないだろう？　ちゃんと気をつけるよ」

レオナルドはそう云《い》いつつ、唯史に向けて腕《うで》を広げる。ふざけるなと云ってやりたいところだったが、正直なところ、唯史の体も期待に疼《うず》いていた。

「……中に出したら殺すからな」

ぼそりと告げ、さっきと同じ位置に跨《また》がった。そして、ローションをレオナルドの昂ぶりに塗《ぬ》りつけ、後ろ手に持つ。

「自分でできるのか？」

「黙《だま》ってろ。ん……っ」

唯史は、恐《おそ》る恐る手にしたものを自分の足の間に宛《あて》がった。熱く濡れた感触に息を呑む。レオナルドの熱が触《ふ》れてる場所から溶《と》けていってしまいそうだ。

（前も入ったんだから、入るはずだ）

そう思ってゆっくりと腰を下ろすけれど、なかなか入ってこない。多分、気持ち的にまだ抵《てい》抗《こう》感があるのだろう。

何とか先端を飲み込むことができたけれど、それだけでもう息も絶え絶えになっていた。

「そこでおしまいか？」

「ちょっと休憩《きゅうけい》してるんだよっ」

「休憩はいいが、あんまり焦《じ》らすなよ」

「知るか――あぁ…ッ」

腰を摑んで力ずくで引き下ろされ、レオナルドの欲望が根本まで一息に突《つ》き入れられた。最《さい》奥《おう》を酷く穿《うが》たれ、脳天に衝撃《しょうげき》が駆《か》け抜《ぬ》ける。

弓なりに撓《しな》った体はそのまま激しく揺《ゆ》さぶられた。

「あ、はっ……あ…っ」

跨って受け入れるという体勢のせいで、より奥までレオナルドの昂ぶりが入った。律動の動きもいままでとは違《ちが》い、勝手が違う。

敏感《びんかん》な自身の先端はレオナルドの腹部に擦《こす》れ、体液を溢《あふ》れさせている。

「ぅあ…っ、あっ、ん……っ」

「やっぱり、適性があるんじゃないのか？　君のここはいやらしく絡みついてきてる」

「知るか……っ、ぁン、んんッ」

悪態をつくと、内壁《ないへき》を抉《えぐ》るように穿ってきた。体の中で起こる摩《ま》擦《さつ》は快感へと変わる。

……反論するには、いまは些《いさ》か分が悪い。だが、一言云わずにはいられなかった。

「いまに、見てろよ……っ」

「楽しみにしてる」

レオナルドはニヤリと口の端《はし》を上げて笑うと、強靭《きょうじん》な筋力を使って唯史の腰をガクガクと揺さぶってくる。荒々《あらあら》しい動きに、唯史は翻弄《ほんろう》されるしかなかった。

「ひぁ…っ、う、あ…っ」

隙間《すきま》なく体内を満たす圧倒《あっとう》的な大きさのものが内壁を擦り、最奥を突いてくる。穿たれている部分から駆け上がってくる快感に仰《の》け反ると、晒した喉元《のどもと》に噛《か》みつかれた。

レオナルドは歯を立てた場所をねっとりと舐《な》め、吸い上げる。熱い舌と柔《やわ》らかな唇《くちびる》の感触に皮膚《ひふ》がわななないた。

「く、あ…っ、も、いく…っ」

「いいよ、いって」

「ばか…っ、先に抜《ぬ》けって……！」

達した弾《はず》みで中のものを締《し》めつけてしまいかねない。直《じか》に受け入れているのだから、このまま続けているのはまずい。

「ごめん、中に出させて？」

「お前な……っ」

どうやら、初めからそのつもりだったようだ。甘くねだりながらも、返事を待っている様子はない。自分一人でこの状態から逃《のが》れられるわけもなく、恨《うら》みがましくレオナルドを睨《ね》めつけたけれど、逆効果だった。

「そんな潤《うる》んだ目で見つめられたら、我慢《がまん》できなくなる」

「ふざけ——あ…っ、ぁ、あ……っ」

レオナルドは唯史の言葉を奪《うば》うかのように、激しく揺さぶってきた。呼吸も思考も乱され、快感の波に呑《の》まれていく。

体がバラバラになってしまいそうなほどの律動の中、キツく抉るように突き上げられた瞬間、目の前が真っ白になった。

「あぁあ…っ」

しばらくして意識が現実へと戻《もど》ってきたのと同時に、くわえ込んでいた怒張《どちょう》が一層大きく膨《ふく》らんだ。その震《ふる》える動きから、レオナルドも果てたのだとわかる。

「はー…」

駆け上がるような絶頂を終え、唯史は大きく息を吐いた。

(疲《つか》れた……)

何だかんだと云いながら、レオナルドとのセックスは気持ちいい。テクニックのせいもあるだろうが、何よりも相性がいいような気がする。

（……絶対、云ってやらないけどな）

抱《だ》かせてやっているだけでもかなりの譲歩《じょうほ》なのに、これ以上調子に乗られたら堪《たま》ったものではない。

唯史が肩《かた》に頭を載《の》せて呼吸を落ち着けていると、レオナルドが力なく呟《つぶや》いた。

「——また、離《はな》れ離《ばな》れになるな」

「レオナルド……？」

「アメリカに戻ったら、またしばらく日本には来られなくなる。せっかく、また会えたのに——痛！」

肩を落とすレオナルドの頭を硬《かた》く握《にぎ》った拳《こぶし》で小突《こづ》いてやった。

「だから、お前はバカだって云ってるんだ。お前が来られないんだったら、俺が会いに行けばいいだろう」

何とか息を整えて告げた唯史の言葉に、レオナルドは目を瞠《みは》った。

「アメリカに来てくれるのか……？」

「俺だって忙《いそが》しいからしょっちゅう行けるわけじゃないけどな。NY文社に異動希望出したっていいんだし、それなりに方法はある」

「……………」

「何か文句があるのか？」

「唯史…っ」

「んむ、う、んん……っぷは！　何すんだいきなり！　んっ、こら、リオ！」

骨が軋《きし》むほど強く掻《か》き抱《いだ》かれたあと、噛みつくようなキスと共にベッドへと押し倒《たお》される。顔中に降ってくるキスに面食《めんく》らいながら、レオナルドを制止しようとするけれど、その勢いは止まらない。

「愛してるよ、マイスウィート」

「だから、そういう恥《は》ずかしい台詞《せりふ》は……っあぁ、ぁん」

繋《つな》がったままだった腰《こし》を揺さぶられ、苦情は快感でごまかされてしまう。代わりに睨みつけようとしたけれど、熱っぽい眼差《まなざ》しに受け止められ、怒《おこ》る気も失《う》せてしまった。

（……まったく……）

喘《あえ》ぎと共に零《こぼ》れる吐《と》息《いき》に諦《あきら》めのため息を混ぜる。唯史は悦楽《えつらく》に蕩《とろ》けていく体から力を抜き、いまは自らの全《すべ》てをレオナルドに預けることにした。


「……はあ」

オレンジ色に染まりかけた空を眺《なが》めながら、唯史はベランダで数ヶ月吸っていなかった煙草《たばこ》の煙《けむり》を吐《は》き出すと共に深いため息をついた。

めでたしめでたし、のはずなのに、手放しで喜べないのは何故《なぜ》だろう。いや、理由はわかっている。釈然《しゃくぜん》としないのは、そうなってしまった経緯《けいい》だ。

(俺は基本タチなんだよ……)

すっかり怠《だる》くなった腰をさすりながら、心の中で文句を云《い》う。苦痛を感じるわけじゃないけれど——むしろ、気持ちいい、かもしれない——納得《なっとく》がいかない。レオナルドの手練手管《てくだ》に流されて、最終的に彼のいいようにされてしまうことが悔《くや》しいのだ。

(いまに見てろよ)

本人にも告げた言葉を心に刻んでいると、ベランダの引き戸が開く音がした。ぼんやりしてるうちにレオナルドは風呂《ふろ》から上がってきていたようだ。

「唯史、電話が鳴ってるみたいだけど」

「あ、ああサンキュ」

吸い殻《がら》を灰皿代わりの空き缶《かん》に捩《ね》じ込み、レオナルドが持ってきた携帯《けいたい》電話を受け取る。電話は高篠からだった。リビングへ移動しながら電話を取る。

「小田桐です」

『高篠だ。いま、大丈夫《だいじょうぶ》か?』

「はい、大丈夫ですよ」

『詳《くわ》しい経緯はレオナルドに聞いたよ。大変だったな。体の調子は何ともないのか？』

「とくに問題ありません。検査結果も良好でしたし、怪我《けが》らしい怪我は頭のたんこぶくらいですよ」

『大事を取ってしばらくは休むといい。事情聴取《ちょうしゅ》はこれからなんだろう？』

「ありがとうございます。休みたいのは山々ですが、仕事が溜《た》まってますので」

一日置きの業務でさえ、思うように仕事が進まないのだ。休暇《きゅうか》なんて取ったら、そのあとで過労で倒れてしまう。

『そうか、君も大概《たいがい》ワーカホリックだな。まあ、無理だけはするなよ』

「はい、気をつけます」

『ところで、一つだけ教えて欲しいことがあるんだが……』

「何ですか？」

『君は彼に対してもタチなのか？』

「…………は？」

高篠の意表を突《つ》いた問いに、口元が引き攣《つ》った。

『いや、レオナルドからつき合うことになったと報告されたんだが、それだけは教えてくれなくてな』

「…………」

怒っていいのか、呆《あき》れていいのかわからない。だが、笑い飛ばせるほど人間はできていなかった。そんな唯史に気づくことなく、高篠は話し続けている。

『やっぱり気になるだろう? あんな宣言をしていた君が落ちたんだからな。おい、聞いてるか小田桐』

「し……失礼します!」

握り潰《つぶ》しそうになっていた携帯の通話を切り、キッチンで水を飲んでいたレオナルドを勢いよく振《ふ》り返る。

「唯史、どうかしたのか?」

「どうかしたのかじゃねぇだろ……ッ」

据《す》わった目で睨みつけると、不思議そうな顔で微笑《ほほえ》み返してきた。

邪気《じゃき》のない笑顔《えがお》がいまは憎《にく》らしい。彼にはアメリカ暮らしで失った日本人の奥ゆかしさというものを教え込まねばならないようだ。

いったい、どうやって躾《しつけ》をしてやるべきか——唯史は真剣《しんけん》に考え始めたのだった。

あとがき

初めましての方もそうでない方もこんにちは、藤崎都です。

さて、今回は『絶対服従契約』でちらりと出てきた小田桐が主役となりました。何故《なぜ》か、私の中でしばらく金髪《きんぱつ》ブームが続いていたので、攻《せめ》はアメリカ人のハリウッドスターにしてみました。……が、スターの割りには地味な感じになってしまった気もします…（苦笑）。私なりに精一杯《せいいっぱい》派手にしてみたのですが、いかがでしたでしょうか？

また、水名瀬雅良先生には今回も大変お世話になりました。華《はな》やかな表紙と色っぽい挿絵《さしえ》をありがとうございました！　担当様にもお世話になりました。ご多忙《たぼう》かとは思いますが、本当に無理はなさらないで下さいませ…。休みもきちんと取って下さいね！

最後に、拙作《せっさく》をお手に取って下さり、最後までおつき合いいただきました皆様《みなさま》。本当にありがとうございました!!　少しでも楽しんでいただけていたら幸いです。

それでは、またいつか貴方《あなた》にお会いすることができますように♥

二〇〇八年四月　　　藤崎　都

KADOKAWA
RUBY BUNKO

完全独占計画《かんぜんどくせんけいかく》

藤崎《ふじさき》　都《みやこ》

角川ルビー文庫　R78-32　15165

平成20年6月1日　初版発行

発行者――井上伸一郎
発行所――株式会社角川書店
東京都千代田区富士見2-13-3
電話/編集(03)3238-8697
〒102-8078
発売元――株式会社角川グループパブリッシング
東京都千代田区富士見2-13-3
電話/営業(03)3238-8521
〒102-8177
http://www.kadokawa.co.jp
印刷所――暁印刷　製本所――BBC
装幀者――鈴木洋介

ISBN978-4-04-445537-8　C0193　定価はカバーに明記してあります。